KB201941

애국부인전

애국부인전

: 백년전쟁에서 프랑스를 구한 잔 다르크 전기

펑쯔요우 저
장지연 역
장경남 옮김

보고사
BOGOSA

발간사

숭실대학교 한국기독교문화연구원은 1967년 설립된, 명실공히 숭실대학교를 대표하는 인문학 연구원으로 발전하여 오늘에 이르렀다. 반세기가 넘는 역사 동안 다양한 학술행사 개최, 학술지『기독교와 문화』(구『한국기독문화연구』)와 '불휘총서' 30권 발간, 한국기독교박물관 소장 자료의 연구에 주력하면서, 인문학 연구원으로서의 내실을 다져왔다. 2018년에는 한국연구재단의 인문한국플러스(HK+) 사업 수행기관으로 선정되어 또 다른 도약의 발판을 마련하였다.

본 HK+사업단은 "근대 전환공간의 인문학, 문화의 메타모포시스"라는 아젠다로 문학과 역사와 철학을 아우르는 다양한 인문학 연구자들이 학제간 연구를 진행하고 있다. 개항 이래 식민화와 분단이라는 역사적 격변 속에서 한국의 근대(성)가 형성되어온 과정을 문화의 층위에서 살펴보는 것이 본 사업단의 목표이다. '문화의 메타모포시스'란 한국의 근대(성)가 외래문화의 일방적 수용으로도, 순수한 고유문화의 내재적 발현으로도 환원되지 않는, 이문화들의 접촉과 충돌, 융합과 절합, 굴절과 변용의 역동적 상호작용을 통해 형성되었음을 강조하려는 연구 시각이다.

본 HK+사업단은 아젠다 연구 성과를 집적하고 대외적 확산과 소통을 도모하기 위해 총 네 분야의 총서를 발간하고 있다. 〈메타모포시스 인문학총서〉는 아젠다와 관련된 연구 성과를 종합한 저서나 단독 저서로 이뤄진다. 〈메타모포시스 번역총서〉는 아젠다와 관련하여 자료적 가치를 지닌 외국어 문헌이나 이론서들을 번역하여 소개한다. 〈메타모포시스 자료총서〉는 숭실대 한국기독교박물관에 소장된 한국 근대 관련 귀중 자료들을 영인하고, 해제나 현대어 번역을 덧붙여 출간한다. 〈메타모포시스 교양문고〉는 아젠다 연구 성과의 대중적 확산을 위해 기획한 것으로 대중 독자들을 위한 인문학 교양서이다.

본 사업단의 연구가 진행되는 가운데 새로운 총서 시리즈인 〈근대계몽기 서양영웅전기 번역총서〉를 기획하였다. 1907년부터 1911년까지 집중적으로 출간된 서양 영웅전기를 현대어로 번역하여 학계에 내놓음으로써 해당 분야의 연구 자료로 제공하자는 것이 기획 의도이다.

총 17권으로 간행되는 본 시리즈의 영웅전기는 알렉산더, 콜럼버스, 워싱턴, 넬슨, 표트르, 비스마르크, 빌헬름 텔, 롤랑 부인, 잔 다르크, 가필드, 프리드리히, 마치니, 가리발디, 카보우르, 코슈트, 나폴레옹, 프랭클린 등 서양 각국을 대표하는 인물이다. 1900년대 출간 당시 개별 인물 전기로 출간된 것도 있고 복수의 인물들의 약전으로 출간된 것도 있다. 이 영웅전기는 국문이나 국한문으로 표기되어 있는데, 국문본이어도 출간 당시의 언어로 표기되어 있으므로 지금 독자가 읽기에는 다소 어려울 것으로 예상된다. 이에 원문을 현대어로 번역하고, 원자료를 영인하여 첨부함으로써 일반 독자는 물론 전문 연구자에게도 연구 자료로 제공하고자 했다. 현대어 번역은 해당 분야 전문가의 도움을 받았다. 본 시리즈가 많은 독자와 만날 수 있도록 애써 주신 연구자들께 감사드린다.

　동양과 서양, 전통과 근대, 아카데미즘 안팎의 장벽을 횡단하는 다채로운 자료와 연구 성과를 집약한 메타모포시스 총서가 인문학의 지평을 넓히고 사유의 폭을 확장하는 데 기여할 수 있기를 기대한다.

2025년 3월

숭실대학교 한국기독교문화연구원 HK+사업단장

장경남

차례

일러두기

01. 번역은 현대어로 평이하게 읽힐 수 있는 것을 원칙으로 하였다.

02. 인명과 지명은 본문에서 해당 국가의 발음을 한글로 표기하고 각주에서 원문의 표기법과 원어 표기법을 아울러 밝혔다. 역사적 실존 인물인 경우 가급적 생몰연대도 함께 밝혔다.

  예) 루돌프(羅德福/ Rudolf Ⅰ, 1218~1291)

03. 한자는 꼭 필요한 경우 괄호 안에 병기하였다.

04. 단락 구분은 원본을 기준으로 삼되, 문맥과 가독성을 위해 필요한 경우 번역자가 추가로 분절하였다.

05. 문장이 지나치게 길면 필요에 따라 분절하였고, 국한문 문장의 특성상 주어나 목적어 등 필수성분이 생략되어 어색한 경우 문맥에 따라 보충하여 번역하였다.

06. 원문의 지나친 생략이나 오역 등으로 인해 그대로 번역했을 때 의미가 잘 전달되지 않는 경우 번역자가 [ ] 안에 내용을 보충하여 번역하였다.

07. 대사는 현대의 용법에 따라 " "로 표기하였고, 원문에 삽입된 인용문은 인용 단락으로 표기하였다.

08. 총서 번호는 근대계몽기 영웅 전기가 출간된 순서를 따랐다.

09. 책 제목은 근대계몽기에 출간된 원서 제목을 그대로 두되 표기 방식만 현대어로 바꾸고, 책 내용을 간결하게 풀이한 부제를 함께 붙였다.

10. 표지의 저자 정보에는 원저자, 근대계몽기 한국의 번역자, 현대어 번역자를 함께 실었다. 여러 층위의 중역을 거친 텍스트의 특성상 번역 연쇄의 어떤 지점을 원저로 정할 것인지가 문제였다. 일단 근대계몽기 한국의 번역자가 직접 참조한 판본부터 거슬러 올라가면서 번역 과정에서 많은 개작이 이뤄진 가장 근거리의 판본을 원저로 간주하고, 번역 연쇄의 상세한 내용은 각 권 말미의 해설에 보충하였다.

제1회

    화설[1]. 5백여 년 전에 유럽[2]주 프랑스[3]의 오를레앙[4] 지방에 한 마을이 있으니 이름은 동레미[5]이다. 그 땅이 궁벽하여 인가가 드물고 농사만 힘쓰는 집뿐이다. 그중에 한 농부가 있으니 다만 부부 두 식구가 한 칸 초옥(草屋)에 살았는데, 가세가 빈한하므로 양을 쳐서 생업을 삼았다.

    서력(西曆) 1412년 정월(正月, 1월)에 마침 딸을 낳으니 용모가 단아하고 천성이 총명하여 영민함이 비할 데 없으니 부모가 사랑하여 이름을 잔 다르크[6]라 하였다. 잔 다르크가 점점 자라매 부모께 효순(孝順)하며 한번 가르치면 모를 것이 없으며, 또한 상제[7]를 믿어 성경(聖經)을 항상 읽으며 학문에 능통하였다. 나이 13세에 이르

---

[1] 화설(話說): 이야기를 시작할 때 쓰는 말로 고전소설의 상투어이다.

[2] 유럽(歐羅巴, Europe)

[3] 프랑스(法蘭西國/法國, France)

[4] 오를레앙(阿里安, Orléans)

[5] 동레미(東梨眉, Domrémy)

[6] 잔 다르크(若安亞爾格/若安, Jeanne d'Arc, 1412~1431). 한자 음역어로는 '惹安達克'(약안달극) 또는 '如安達亞克'(여안달아극)이라고 표기하기도 한다. '若安(じよん)', '如安(じやん)'의 발음은 [죤], [쟌]이고, 이는 'Jeanne'의 발음을 딴 것이다.

[7] 상제(上帝): 우주를 창조하고 주재한다고 믿어지는 초자연적인 절대자. 종교적 신앙의 대상으로서 각각의 종교에 따라 여러 가지 고유한 이름으로 불리는데, 불가사의한 능력으로써 선악을 판단하고 길흉화복을 인간에게 내리는 것으로 알려져 있다. =하느님.

러 능히 부모의 양치는 생업을 도우니, 그 부모는 이 여아(女兒)가 극히 영리함을 보고 십분 기뻐하였다.

그 동네 사람들이 잔 다르크의 총민함을 칭찬하지 않는 이가 없어 특별히 이름을 정덕[8]이라 부르며 말했다.

"아깝도다. 잔이 만약 남자로 컸으면 반드시 나라를 위하여 큰 사업을 이룰 것이거늘 불행히 여자가 되었다."

잔 다르크가 이렇듯이 칭찬함을 듣고 마음에 불평이 여겨서 말했다.

"어찌 남자만 나라를 위하여 사업하고 여자는 능히 나라를 위하여 사업하지 못할까? 하늘이 남녀를 내시매 이목구비(耳目口鼻)와 사지백체[9]는 다 일반이니 남녀가 평등이거늘, 어찌 이같이 등분(等分)이 다를진대 여자는 무엇하려 냈으리오?"

이런 말로만 보아도 잔 다르크가 다른 날에 능히 프랑스를 회복하고 이름이 천추 역사상에 혁혁하게 빛날 여장부가 아닐쏜가?

각설[10]. 잔이 하루는 일기가 몹시 더워 불 속 같으므로 양을 먹이다가 더위를 피하려고 양을 몰고 나무 수풀과 시냇물 가에 배회하였다. 이때 마침 영국 군병이 프랑스를 침범하여 향촌으로 다니면서 불을 놓아 인민을 약탈하고 재물을 탈취하였다. 이에 잔이

---

8) 잔 다르크의 중국어 표현 '貞德'을 한글로 표기한 것으로, 이 문장에서만 '정덕'이라 했고 다른 곳에서는 모두 '약안'이라 표기했다.

9) 사지백체(四肢百體): 두 팔과 두 다리, 그리고 사람 몸의 전체를 아울러 이르는 말이다.

10) 각설(却說): 말이나 글 따위에서, 이제까지 다루던 내용을 그만두고 화제를 다른 쪽으로 돌릴 때 쓰는 말이다.

속히 피하여 수풀 사이로 들어가니 인적이 고요하고 다만 옛 절[11] 이 있었다. 그 절 가운데 숨어서 상제께 가만히 빌면서,

"원하건대 신력(神力)을 빌어 나라의 환란을 구원하고 적국의 원수를 갚게 하옵소서."

하고, 무수히 축원하였다.

이때 영국 군병은 벌써 가고 촌려(村閭)가 안정되었다. 잔이 그 절에서 나와 길을 찾더니, 그 절 뒤에 한 화원이 있는데 화류(花柳)는 꽃다움을 다투고 꾀꼬리는 풍경을 희롱하였다. 잔이 경치를 사랑하여 화원 안으로 들어가 이리저리 구경하는데 홀연 어디서 잔을 불러 말했다.

"잔아! 너는 한 흥(興)을 타 너무 방탕히 놀지 마라."

잔이 깜짝 놀라 사면을 살펴보았으나 사람의 그림자도 없었다. 정히[12] 의심하여 머리를 들어 보니, 홀연 공중에 황금빛이 찬란하며 채색 기운이 영롱한 가운데 구름 속에서 무수한 천신(天神)이 공중에 둘러서고 그중에 세 분 천신이 서서 옥관[13] 홍포[14]로 기상이 엄숙한데, 잔을 크게 불러 말했다.

"프랑스에 장차 큰 난이 있을지라. 네가 마땅히 구원하라."

잔이 다시 천신 앞에 엎드려 고하였다.

---

11) 절: 사원을 우리 식으로 절이라 일컫는다.
12) 정(正)히: 진정으로 꼭.
13) 옥관(玉冠): 옥으로 장식한 관(冠)을 말한다.
14) 홍포(紅袍): 임금이 신하들과 하례할 때 입던 예복. 빛이 붉고 모양은 관복과 같았다. 조선 시대에는 3품 이상의 벼슬아치가 입던 붉은색의 예복이나 도포이다.

"소녀는 본래 촌가 여자라. 어찌하여야 군사를 얻어 전장에 나아가게 되오며, 또한 프랑스의 난이 어느 날 평정하오리까? 소녀의 지극한 소원이 백성을 위하여 재앙을 구제하고 나라의 원수를 갚아 주권을 회복코자 하오니, 바라건대 상제께서 일일이 지시하여 도와주옵소서."

천신이 말했다.

"너는 근심치 말라. 이다음에 자연히 알 날이 있을 것이니, 그때가 되거든 로베르[15] 장군의 휘하로 들어가면 좋은 기회가 생기리라."

말을 마치자 별안간에 금광(金光)이 어른거리며 곧 보이지 아니하였다.

대저 프랑스가 영국과 해마다 싸움을 쉬지 아니하므로 궁촌(窮村) 농부라도 영국의 원수됨을 다 알았다. 잔이 어려서부터 부모가 항상 일컫는 말을 듣고 심중으로 또한 나라의 부끄러움을 씻고자 하여 날마다 상제께 가만히 축원하기를,

"장래 나라를 위하여 원수를 설치하고[16] 백성을 구제하게 하옵소서."

하고, 7~8년을 일심(一心)으로 비는 고로, 그 정성이 맺혀 하늘이 감동하여 잔의 눈에 천신이 나타나심이다.

잔이 황홀하여 마음속에 생각하였다.

---

15) 로베르(羅卑露, Robert de Baudricourt, ?~1454)
16) 설치(雪恥)하다: 부끄러움을 씻다. 설욕하다.

'이것이 혹 꿈인가?'

그 후에도 누차 천신이 눈에 완연이 보이고 이같이 부탁함이 정녕하므로[17], 잔이 생각하였다.

'천신께서 저렇게 누누이 분부하시니 필연 나라에 큰 난이 있을 것이요, 내 마땅히 구하리라.'

이로부터 나라의 원수 갚기를 스스로 책임 삼아 혹 군기도 전습하며[18], 혹 목장에 나아가 말도 달리며 총과 활도 배우니, 부모는 여아의 이러한 거동을 보고 심히 근심하고 염려하여 번번이 금지하되, 이미 뜻이 굳어 아무리 권하여도 듣지 아니할 줄 짐작하고 어찌할 수 없어 그대로 두었다.

그 동네 사람은 모두 잔을 미친 여자라 지목하되, 잔은 추호도 뜻을 변치 않고 동네 사람에게 말했다.

"내 이미 상제의 명을 받았노라."

듣는 이가 해연히[19] 웃고 이상히 알았다.

오늘 문무(文武)의 재주를 배움은 정히 다른 때 국민의 난을 구제하고자 함이로다.

---

17) 정녕(丁寧)하다: 충고하거나 알리는 태도가 매우 간곡하다.
18) 전습(傳習)하다: 기술이나 지식 따위를 다른 사람으로부터 배워 익히다.
19) 해연(駭然)히: 몹시 이상스러워 놀랍게라는 뜻이다.

제2회

차설.[20] 이때 프랑스와 좁은 바닷물 하나를 격하여 이웃한 나라
는 곧 영국이다. 이 두 나라가 백년 이래로 원수가 되어 날마다
싸움을 일삼았다. 서력 1338년부터 영국 왕 에드워드 3세[21]가 프랑
스 왕 필리프 6세[22]와 더불어 크레시의 싸움[23]이 있고, 그 후 1356
년에 영국 흑태자[24]가 프랑스와 푸아티에[25]에서 크게 싸워 프랑스
왕 샤를 4세[26] 악한을 사로잡고, 그 후 4~5년에 프랑스 샤를 5세[27]

---

20) 차설(且說): 주로 글 따위에서, 화제를 돌려 다른 이야기를 꺼낼 때, 앞서 이야기
하던 내용을 그만둔다는 뜻으로 다음 이야기의 첫머리에 쓰는 말이다.

21) 에드워드 3세(의덕화 제3세, Edward III, 1312~1377). 원문에는 '의덕화'라 표
기하고 있으나 중국어본에 없는 단어이다. 다른 근대 중국 자료에는 '愛德華'로 표
기되어 있다.

22) 필리프 6세(菲利普 제6, Philippe VI de Valois, 1293~1350)

23) 크레시(격렬서, Crecy). 원문에는 '격렬서'라 표기하고 있으나 중국어본에는 없
는 단어이다. 다른 근대 중국 자료에는 '克雷西'로 표기되어 있다.
크레시의 싸움(Battle of Crécy)은 1346년 8월 26일 북부 프랑스 항구도시 칼레
남쪽에 위치한 크레시앙퐁티외에서 일어난 전투이다. 백년전쟁에서 가장 중요한
전투로 꼽힌다.

24) 흑태자(黑太子, Edward the Black Prince, 1330~1376): 에드워드 3세의 아들.

25) 푸아티에(파이다, Poitiers). 원문에는 '파이다'라 표기하고 있으나 중국어본에
는 없는 단어이다. 다른 근대 중국 자료에는 '普瓦捷'로 표기되어 있다.
푸아티에 전투(Battle of Poitiers)는 1356년 9월 19일 벌어진 전투이다. 백년전
쟁의 1,2기를 거쳐 3차례 영국에게 결정적 승리를 안겨준 전투 중 두 번째이다. 세
차례의 전투는 크레시 전투, 푸아티에 전투, 아쟁쿠르 전투이다.

26) 샤를 4세(查理 제4, Charles IV, 1294~1328)

가 영국과 싸우다가 패하여 땅을 베어 주고 배상을 물어 준 후에 화친하였다. 이때 프랑스는 정부에 두 당파가 있는데, 하나는 아르마냐크[28] 당이니 왕실을 붙들고자 하고, 또 하나는 부르고뉴[29] 당이니 영국과 잠통(潛通)하여 프랑스를 해롭게 하니, 이 두 당파가 서로 내란을 일으켰다. 영국 왕 헨리 5세[30]가 이 기회를 타서 프랑스와 싸워 프랑스 병사가 대패하였다. 1417년에 또 영국 왕이 프랑스를 대패하고 약조(約條)를 정하되, 프랑스 왕의 딸 캐서린[31]으로 영국 왕 헨리 5세의 왕비를 삼아 프랑스 왕을 겸하게 하고, 파리성에 들어가 프랑스 왕 샤를 6세[32]을 폐하고 프랑스를 통할했다.[33]

이때 프랑스 북방의 모든 고을은 다 영국에 복종하되 오직 남방의 여러 성이 영국에 항복하지 않고 프랑스 태자 샤를 7세[34]를 세워 영국에 항거했다. 1428년에 영국이 또 대병을 일으켜 프랑스 남방

---

27) 샤를 5세(査理 제5, Charles Ⅴ, 1338~1380)
28) 아르마냐크(애만랍, Armagnac). 원문에는 '애만랍'이라 표기하고 있으나 중국어본에는 없는 단어이다. 다른 근대 중국 자료에는 '阿馬尼雅克/ 阿爾馬尼雅克'으로 표기되어 있다.
29) 부르고뉴(불이간, Bourgogne). 원문에는 '불이간'이라 표기하고 있으나 중국어본에는 없는 단어이다. 다른 근대 중국 자료에는 '勃艮第'로 표기되어 있다.
30) 헨리 5세(현리 제5, HenryⅤ, 1386~1422). 원문에는 '현리'라 표기하고 있으나 중국어본에는 없는 단어이다. 다른 근대 중국 자료에는 '亨利'로 표기되어 있다.
31) 캐서린(가타린, Catherine, 1401~1437). 원문에는 '가타린'이라 표기하고 있으나 중국어본에는 없는 단어이다. 다른 근대 중국 자료에는 '凱瑟琳'으로 표기되어 있다.
32) 샤를 6세(査理 제6, Charles Ⅵ, 1368~1422)
33) 통할(統轄)하다: 모두 거느려 다스리다.
34) 샤를 7세(査理 제7, Charles Ⅶ, 1403~1461)

을 소탕하고자 하여 영국 해협 지방으로부터 프랑스 지경까지 수백 리를 정기(旌旗)가 공중에 덮이고 칼과 창은 일월을 희롱하였다. 수륙으로 일시에 지쳐 들어오며 루아르 강[35]를 건너 남방 지경을 침범하나, 이때 프랑스의 왕은 남방으로 도망하고 프랑스 서울 파리 성과 그 남은 성은 다 영국의 땅이 되었다. 프랑스가 아무리 수만 정병을 조발하여[36] 영국과 싸우나 군사의 용맹과 무예의 날램이 영국을 당하지 못하고, 장수도 영국같이 지용(智勇)을 겸비한 자가 없을 뿐만 아니라, 또한 프랑스의 정부 대관은 다 영국의 지휘를 받으므로 프랑스 왕이 남방에 파천(播遷)하여 몸을 용납할 땅이 없 었다. 이러므로 프랑스 병사가 싸울 뜻이 없고 각자도생하여[37] 전국 이 거의 영국 영토가 될 지경이요, 전국 인민은 다 외국의 노예와 개와 돼지가 됨을 부끄러운 욕이 되는 줄 모르고 하루라도 구차히 목숨 보전한 것만 다행으로 아니, 만약 남방만 아니라면 프랑스의 명성이 어찌 오늘까지 전하리오?

이때 오직 남방의 몇몇 고을이 남아 프랑스 왕을 보호하니, 그 곳에 유명한 성 이름은 오를레앙 성이다. 그 성은 루아르 강의 북편 에 지경(地境)하여 남방(南方) 인후[38]가 되고 제일 험요(險要)한 성 이니, 하수(河水) 북편 언덕에 있어 남편 언덕과 중간에 큰 다리를

---

35) 루아르(羅鴉魯, Loire) 강(江)
36) 조발(調發)하다: 군사로 쓸 사람을 강제로 뽑아 모으다.
37) 각자도생(各自圖生)하다: 제각기 살아나갈 방법을 꾀하다.
38) 인후(咽喉): 원래는 목구멍을 이르는 말이다. 사람의 목구멍과 같은 역할을 하는 중요한 요충지라는 말로 비유적인 표현이다.

놓고 서로 항상 왕래하였다. 그 다리 남편은 허다한 성곽과 포대를 쌓고 다리를 막아 적병을 방비하니, 다리 이름은 교두보(橋頭堡)이다. 그 다리 위에 두 개의 석탑이 있으니, 이름은 투렐[39]로 북편으로부터 탑까지 이르는데 모두 흙과 돌로 쌓아 극히 견고하고 험하다. 또 탑의 남편에 나무 다리를 놓아 각처에 왕래하니, 교두보와 투렐 두 곳에 엄중한 군사를 두어 적병을 방비하므로 오를레앙 성은 이러한 험한 요충지의 성책(城柵)을 믿고 죽을힘을 다하여 지켰다. 이때 영국 대장 솔즈버리[40]가 오를레앙 성의 험함을 보고 한 계책을 생각하였다.

'이 성은 급히 파할 수 없으니 우리 각처 군졸을 모두 모아 힘을 합하여 먼저 투렐을 파함만 같지 못하다.'

제장(諸將)을 불러 일제히 투렐을 에워싸고, 이해 10월 23일에 계교를 내어 밤중에 성을 파하매, 그 탑 위에 대포를 걸고 성 아래에 있는 인민의 집을 몰수(沒收)하고 소화(燒火)하며 험한 곳을 영국 병사가 점령하여 오를레앙을 쳤다. 그러나 성 중에 있는 프랑스 장졸이 죽기로 지키자 아무리 쳐도 성을 깨치지 못하고, 영국 대장 솔즈버리가 화살에 맞아 죽었다.

영국이 다시 서퍽[41] 장군으로 원수를 삼아 주야로 공격하여 수 개월을 지내되 파하지 못하였다. 이에 장구히 성을 에워싸 구원을

---

39) 투렐(指彌路, tourelle): 작은 탑, 망루라는 뜻이다.
40) 솔즈버리(沙卑梨, Salisbury)
41) 서퍽(塞苛路, Suffolk)

끊고 성 중 장졸이 먹지 못하면 자연 항복하리라 하고, 성 밖에 흙을 높은 산처럼 쌓아 성같이 만들고 여섯 곳 돈대[42] 위에 대포를 걸고 날마다 치니, 이때는 서력 1429년 정월이다. 오를레앙 성을 물 샐 틈이 없게 에워싸고 비조(飛鳥)라도 통하지 못하게 하니, 다른 곳의 프랑스 군사가 와서 구원하고자 하나 어찌 능히 들어오리오?

이때 오를레앙 근처에 사는 용맹 있는 장사들이 수천 명 용사를 뽑아 오를레앙 성을 구원하고자 하다가 영국 군병에게 패한 바가 되어 여간 양초[43]와 창포(槍砲) 등속만 다 적국에게 빼앗기고 아무 효험이 없으니, 이른바 계란으로 돌을 때림이다. 어찌 영국의 병졸을 당하리오? 성 중에 있는 장졸들이 모두 의기가 저상하고[44] 형세가 날로 오그라드니, 그 곤란한 정형(情形)을 이루 다 측량하리오? 혹자는 말했다.

"차라리 일찍 항복하여 온 성 중에 있는 생명이나 구하는 것이 가하다."

또 혹자는 말했다.

"차라리 죽을지언정 어찌 차마 항복하리오?"

이렇게 항복하고자 하는 편이 많았다. 그러나 성 중에 있는 프랑스 대장 뒤누아[45] 공작은 원래 명성이 있는 사람이라 항복하고자

---

42) 돈대(墩臺): 평지보다 높직하게 두드러진 평평한 땅을 말한다.
43) 양초(糧草): 군사(軍士)가 먹을 양식과 말을 먹일 꼴을 통틀어 이르는 말이다.
44) 저상(沮喪)하다: 기운을 잃다.
45) 장 드 뒤누아(庇毫盧, Jean de Dunois, 1402~1468)

하는 말을 크게 논박하므로 감히 발설치 못하고 죽기로 지키자 하니, 슬프다! 이때 오를레앙 성은 도마 위에 살점이요, 가마 안에 고기이다. 어찌 위태하지 않으리오?

옛적 우리나라 고구려 시대에 당(唐)나라 태종[46]의 백만 군병을 안시성(安市城) 태수 양만춘[47]이 능히 항거하여 백여 일을 굳게 지키다가 마침내 당나라 군병을 물리치고 평양성을 보전하였으며, 수(隋)나라 양제[48]의 백만 병은 을지문덕[49]의 한 계책으로 전군이 함몰케 하였으며, 고려 강감찬[50]은 수천 병으로 거란 소손녕[51]의 30만 병을 물리치고 송경(松京)을 보전하였으니, 알지 못할지라. 프랑스는 이때에 양만춘, 을지문덕, 강감찬 같은 충의 영웅이 누가 있는고?

---

[46] 태종(太宗, 599~649): 중국 당나라의 제2대 황제로 재위 기간은 626~649년이다.

[47] 양만춘(楊萬春, ?~?): 고구려의 명장으로 보장왕 4년(645) 안시성에서 중국 당 태종의 30만 대군을 맞아 격전 끝에 이를 물리쳤다.

[48] 양제(煬帝, 569~618): 중국 수나라의 제2대 황제로 대운하(大運河)를 비롯한 토목 공사를 크게 일으켰고, 대군을 보내어 고구려를 침입하였다가 을지문덕에게 패배하였다. 재위 기간은 604~618년이다.

[49] 을지문덕(乙支文德, ?~?): 고구려 영양왕 23년(612)에 중국 수나라 양제가 고구려에 대군을 이끌고 쳐들어오자 이를 살수에서 물리쳤다.

[50] 강감찬(姜邯贊, 948~1031): 고려 현종 9년(1018)에 거란의 장수 소배압(蕭排押)이 쳐들어왔을 때 서북면 행영 도통사로서 상원수가 되어 흥화진에서 적군을 대파하였다. 또한 이듬해에는 회군하는 적을 귀주에서 크게 격파하였다.

[51] 소손녕(蕭遜寧, ?~?): 거란의 장군으로, 고려 성종 12년(993)에 80만 대군을 이끌고 고려에 침입하였으나, 서희와의 담판에서 굴복하여 강동 육주를 고려에 넘겨주고 물러났다.

정히 이 처량한 빛만 눈에 가득하거늘, 중류지주52)에 의기인(義氣人)이 뉘 있는가?

---

52) 중류지주(中流砥柱): 난세에 처하여 의연하게 절개를 지킴을 비유적으로 이르는 말. 중국 허난성(河南省) 싼먼샤시(三門陝市) 산현(陝縣)의 동쪽 황허강(黃河江) 가운데 있는 지주라는 산이 황허강의 격류 속에서 조금도 흔들리지 않는다는 데서 유래한다.

제3회

차설. 이때 잔의 나이 17세이다. 화용월태[53]를 규중(閨中)에 길러 봉용[54]한 태도와 선연한[55] 풍채가 진실로 경성경국[56]의 미인이다. 이때 프랑스 서울이 함몰된 것과 국왕이 파천한 소문이 사방에 전파되자 비록 아동 부녀라도 모르는 이가 없었다. 잔이 주야로 차탄(嗟歎)하며 말했다.

"우리나라가 저 모양이 되었으니 어찌하면 좋을꼬?"

종일토록 집에 앉아 나라를 회복할 계교를 생각하다가 프랑스 지도를 내어놓고 자세히 살피더니, 홀연 들으니 문밖에 천병만마(千兵萬馬)의 훤화하는[57] 소리가 벽력같이 진동하면서 마을 사람의 우는 소리가 사면에 요란했다. 잔이 놀라 급히 나가 본즉 영국 군병이 기율[58] 없이 사방에 횡행하며 재물을 노략질하고 부녀를 겁간하며 인명을 살해하고 있다. 잔이 그 잔혹한 참상을 보고 더욱 분하여

---

53) 화용월태(花容月態): 아름다운 여인의 얼굴과 맵시를 이르는 말이다.
54) 봉용(丰容): 토실토실한 아름다운 얼굴을 뜻한다.
55) 선연(嬋娟)하다: 몸맵시가 날씬하고 아름답다.
56) 경성경국(傾城傾國): 성도 무너뜨리고 나라도 무너뜨린다는 뜻으로, 한번 보기만 하면 정신을 빼앗겨 성도 망치고 나라도 망치게 할 정도로 미모가 뛰어남을 이르는 말이다.
57) 훤화(喧譁)하다: 시끄럽게 지껄이며 떠들다.
58) 기율(紀律): 사람에게 행위의 표준이 될 만한 질서를 뜻한다.

심중에 설치하고 복수할 생각이 더욱 간절하나 어찌할 수 없어 급히 들어와 약간의 의복과 집물(什物)을 거두어 행장(行裝)을 단속하고, 군기(軍器) 등물(等物)을 몸에 지니고 부모를 보호하여 말에 태우고 후면으로 달아나 오귀스탱[59]이란 마을로 피란하였다. 수일을 지나자 오를레앙 성의 곤급(困急)한 소식이 나날이 들려왔다. 잔이 발연히[60] 일어나 칼을 어루만지며,

"시절이 왔도다. 시절이 왔도다. 내가 나라를 구하지 못하고 다시 누구를 기다릴까?"

하고, 즉시 부모 앞에 나아가 여쭈었다.

"오늘은 여식(女息)이 부친과 모친을 하직하고 문밖에 나가 큰 사업을 세우고자 하오니, 혹 요행으로 우리 국민 동포의 환란을 구제하고 우리나라 독립을 보전할는지 알지 못하나이다."

부모가 이 말을 듣고 대로(大怒)하여 말했다.

"네가 광풍(狂風)이 들었느냐? 네가 규중에서 생장(生長)한 여자로서 어찌 전장에 나아가 칼과 총을 쓰리오? 만약 이같이 용이할 것 같으면 허다한 남자들이 벌써 하였을지라. 어찌 너 같은 아녀자에게 맡기리오? 우리의 지극한 소원은 네가 슬하에 있으면서 늙은 부모를 받드는 것이요, 전장에 나아가 공업을 이루기를 원치 아니하노니, 만약 불행하면 남에게 욕을 당할 뿐 아니라 우리 집 조선[61]

---

59) 오귀스탱(遼苦側, Augustin)
60) 발연(勃然)히: 왈칵 성을 내는 태도나 일어나는 모양이 세차고 갑작스럽게라는 뜻이다.
61) 조선(祖先): 돌아간 어버이 위로 대대의 어른. 조상과 같은 말이다.

이래로 맑은 덕행을 더럽힐 것이오. 또한 우리 부부가 다른 혈육이 없고 슬하에 다만 너 하나뿐이거늘 네가 집을 떠나면 늙은 부모를 누가 봉양하겠느냐? 너는 효순한 자식이 되고 호걸[62] 여자가 되지 말라.”

잔이 눈물을 머금고 슬피 고하였다.

“부모님은 둘러보옵소서. 여아의 마음은 벌써 확실히 정하였사오니, 다만 국가와 동포를 안녕히 보전할 지경이면 이 몸이 만 번 죽어도 한이 없으며, 하물며 이 일은 한 집안 사정이 아니라 백성이 된 공공(公共)한 사정이오니, 제 몸은 비록 여자이오나 어찌 프랑스의 백성이 아니리까? 국민이 된 책임을 다하여야 바야흐로 국민이라 이를지니, 어찌 나라의 난을 당하여 가만히 앉아 보고 구하지 아니하리오? 여아는 오늘날 일정한 마음을 돌이키기 어렵사오니 기어코 가고자 하옵나이다.”

부친이 여아의 이러한 충간[63] 열혈(熱血)이 솟아나는 말을 듣자니 자연 감동도 되고, 또한 만류하여도 듣지 아니할 줄 짐작하고 다시 일컬어 말했다.

“너는 여자로서 애국하는 의리를 알거든 남자 된 자야 어찌 부끄럽지 아니하리오? 네 아비는 나이가 이미 늙어 세상에 쓸 데가 없으니 너는 마음대로 하라.”

잔은 부친이 허락하심을 듣고 눈물을 거두어 의복과 무기를 갖

---

62) 호걸(豪傑): 지혜와 용기가 뛰어나고 기개와 풍모가 있는 사람을 일컫는다.
63) 충간(忠肝): 윗사람이나 임금을 섬기는 참된 마음이다.

추어 행장을 수습하고 부모 전에 하직하였는데, 두 눈에 구슬 같은 눈물을 흘리며 여쭈었다.

"여아가 이번에 가면 다시 부모님을 뵈올 날이 있을는지 모르거 니와, 부모님께서는 여아를 죽은 줄로 아시고 추호도 생각하지 마 시고 다만 신상을 보전하옵소서."

부모가 말했다.

"여아야, 부모는 염려 말고 앞길을 보중64)하여라."

이날 잔이 부모께 하직하고 문밖에 나와서 돌아보지 않고 길을 찾아 보클뢰르65) 지방을 향하여 보드리쿠르66) 장군을 찾아갔다. 잔 의 부모는 여아를 이별하고 두 줄 눈물이 비 오듯 하며 거리에 비껴 서서 이윽히 바라보다가 여아의 형영67)이 보이지 않음을 기다려 방에 들어와 슬피 통곡하니, 그 정상(情狀)은 차마 못 볼 정도이다.

정히 이 노인은 다만 집을 보전할 뜻이 있거늘, 어린 여자는 깊 이 나라의 원수 갚을 마음을 품도다.

---

64) 보중(保重): 몸 관리를 잘하여 건강하게 유지한다는 뜻이다.
65) 보클뢰르(澳孤堯, Bouchoir)
66) 보드리쿠르(包德里古, Robert de Baudricourt, ?~1454). 앞에서는 '로베르(羅 卑露)'로 표기했는데, 같은 인물이다.
67) 형영(形影): 형체와 그림자라는 뜻이다.

제4회

각설. 오를레앙 성은 프랑스의 명맥(命脈)과 같은 중요한 땅이다. 그 성을 한번 잃으면 프랑스 종사[68]가 멸망할 뿐 아니라 인민이 다 노예와 우마(牛馬)가 될지라. 이때 영국 군병은 철통같이 에워싸고 주야로 쳐서 방포(放砲) 소리가 원근에 진동하였다.

그 성 북방에 또 한 성이 있으니 이름은 보쿨뢰르 성이다. 프랑스 장군 보드리쿠르가 그 성을 지키나 수하에 장수가 없고 군사가 적어 오를레앙 성의 위급함을 보아도 능히 구하지 못하였다. 또한 영국 군병이 본성을 칠까 두려워하여 속수무책(束手無策)으로 주야 근심하였다. 하루는 답답하고 민망하여 성 위에 올라가 턱을 괴이고 가만히 생각하였다.

'우리 프랑스가 망할 지경에 이르렀건만, 내 아무리 충의(忠義) 심장이 있으며 용맹 수단이 있으나 나라를 위하여 큰 난을 구하지 못하니 생불여사[69]라'

두어 소리 긴 한숨으로 난간에서 배회하다가 홀연 또 일어나 크게 소리 질러 말했다.

---

68) 종사(宗社): 종묘와 사직이란 뜻으로 나라를 일컫는다.
69) 생불여사(生不如死): 살아 있음이 차라리 죽는 것만 못하다는 뜻으로, 몹시 어려운 형편에 있음을 이르는 말이다.

"옛말에 '모진 바람에 굳센 풀을 알고 판탕한[70] 시절에 충신을 안다' 하나니, 묻노라! 프랑스에 오늘날 굳센 풀과 충신이 뉘 있는가?"

정히 탄식할 즈음에 우연히 바라보니 어떤 한 부인이 편편히[71] 오거늘, 장군이 생각하기를,

'이상하다. 이러한 난 중에 웬 부녀가 홀로 오는고? 필연 오를레앙 성이 파하여 도망하여 오는 자인가?'

하며 의심하였다. 그 여자가 점점 가까이 오거늘, 자세히 살피니 얼굴이 옥 같고 의기가 양양하여 비록 의복은 남루하나 늠름한 위의(威儀)는 여장부의 풍채이다. 그 여자가 즉시 장군의 휘하에 들어와 절하고 여쭈었다.

"저는 일개 향촌(鄕村) 여자요, 이름은 잔 다르크인데 프랑스의 난을 구원하고자 왔나이다."

장군이 이 말을 듣고 크게 놀라 생각하였다.

'반드시 미친병이 들린 여자로다. 내 마땅히 시험하리라.'

이에 전후사를 낱낱이 힐문하자[72], 그 여자가 여쭈었다.

"제가 천신의 지시를 입사와 프랑스의 위급함을 구하고자 하오니, 바라건대 장군은 의심치 마옵소서."

---

70) 판탕(板蕩)하다: 나라의 형편이 정치를 잘못하여 어지러워지다. ≪시전(詩傳)≫ 〈대아(大雅)〉의 판(板)과 탕(蕩) 두 편(篇)이 모두 문란한 정사(政事)를 읊은 데서 유래하였다.
71) 편편(翩翩)히: 나는 모양이 가볍고 날쌔다는 뜻이다.
72) 힐문(詰問)하다: 트집을 잡아 따져 묻다.

장군이 그 행동을 살피고 언어 수작함을 본즉 단정한 여자요, 미친병 들린 여인은 아니다. 그제야 마음을 놓고 구제할 방법을 물으니, 잔이 강개히[73] 대답하였다.

"제가 수년 전에 천신의 나타나심을 입사와 제게 부탁하기를, '프랑스에 대란이 있을 것이니 네가 마땅히 구원할지라' 하시므로, 이로부터 마음과 뜻을 정하고 무예를 사습(私習)하였습니다. 오늘날 나라가 위급하고 백성이 노예가 될 지경에 이른 고로 죽기를 무릅쓰고 와서 장군을 뵙는 것이요, 다른 뜻은 없사옵니다. 바라건대 장군은 굽어 생각하시어 일대(一隊) 병마를 빌려주시면, 제가 비록 재주와 용략(勇略)은 없사오나 충성을 다하여 오를레앙 성의 에움을[74] 풀고 적군을 소탕한 후 고국을 회복하고, 저의 뜻을 완전히 하오면 죽어도 한이 없사옵니다."

말을 할 때 뜨거운 피 기운이 면상에 나타나며, 정신이 발발하여 열사(烈士)의 풍신[75]이 족히 사람을 감동케 하였다. 장군과 좌우 제장들이 모두 그 여자의 말을 듣고 십분 공경하여 자리를 사양하여 앉히고 감히 여자로 대접하지 못하였다. 장군이 드디어 국사를 의론하며 물어 말했다.

"낭자가 비록 담기(膽氣)와 지식이 많으나 원래 목양(牧養)하던 농가 출신이라. 한 번도 전장 경력이 없으니 어찌 능히 영국 군병과

---

73) 강개(慷慨)하다: 의롭지 못한 것을 보고 의기가 북받쳐 원통하고 슬프다.
74) 에우다: 사방을 빙 둘러싸다.
75) 풍신(風神): 드러나 보이는 사람의 겉모양. 풍채와 같은 말이다.

싸우리오? 하물며 영국 군병은 하나하나가 날래고 웅장하여 우리 나라에서 몇 번 대병을 내어 싸우다가 전군이 함몰하였으니, 낭자 가 무슨 계책이 있느뇨?"

잔이 대답하였다.

"제가 무슨 기이한 계교 있사오리까? 다만 천신의 지휘하심인 즉 자연 도우심이 있을는지도 알 수 없고, 또한 천신의 도우심만 믿을 것 아니라 오직 한 점 열심만 믿고 우리 국민된 의무를 극진히 하여 프랑스 인민된 것이 부끄럽지 않게 할 따름이요, 설혹 대사를 이루지 못하여도 천명에 맡길 것이라. 어찌 성패를 미리 요량하오 며, 또한 용병하는 법은 원래 기틀76)을 따라 임시변통할 뿐이라 미리 정할 수 있사오리까?"

장군이 고개를 끄덕이며 말했다.

"낭자의 말씀이 옳도다. 우리나라 백성이 낱낱이 다 낭자와 같 이 국민의 의리를 알 것 같으면 어찌 오늘 이 지경에 이르렀으리 오? 그러나 내 수하에 군병이 얼마 되지 않고, 또한 이곳도 중지(重 地)라 성을 비우고 보낼 수 없은즉, 우선 몇백 명만 줄 것이니 낭자 는 영솔하라.77) 그리고 여기서 수십 리만 가면 시농78)이라는 동리 가 있는데, 그 동리에 우리 프랑스 왕 샤를 7세 폐하께서 그곳에 주찰하셨으니79), 나의 공문을 가지고 가 보여주면 자연 군사를 얻

76) 기틀: 어떤 일의 가장 중요한 계기나 조건을 뜻한다.
77) 영솔(領率)하다: 부하, 식구, 제자 등을 거느리다.
78) 시농(時龍, Chinon)
79) 주찰(駐札)하다: 외교 사절로서 외국에 머무르다.

을 도리가 있으리라."

그리고 즉시 성 중에 있는 군사 한 중대를 점검하여 빌려주었다.
잔이 백 배 치사(致謝)하고 공문을 얻어 품에 품고 장군을 하직한
후 군졸을 영솔하고 시농을 향하여 갔다.

정히 이 장군은 한갓 성 지킬 꾀만 있거늘, 여자는 다만 온 나라
를 다 구할 공을 이루고자 하도다.

제5회

각설. 서력 1429년 4월에 잔이 황금 갑주[80]와 백마(白馬) 은창 (銀槍)으로 한 중대를 거느리고 수십 리를 행하다가 시농에 당도하여 국왕 전에 뵈옵기를 청하였다. 이때 프랑스 왕 샤를 7세가 벌써 들은즉 어떠한 영웅 여자가 군사를 일으켜 나라를 구한다고 하므로 십분 기뻐하였다. 이날 뵈옵기를 청하자 왕은 그 여자가 천신을 칭탁한다[81]는 말을 듣고, 혹 요괴한 술법으로 세상을 속이는지 의심하여 그 진위를 알고자 하였다. [자신의] 의복을 벗어 다른 신하에게 입히고 왕의 상좌에 앉혀 거짓 왕을 꾸미고, 왕은 신하의 복장을 하고 제신(諸臣)의 반열(班列)에 섞여 분변하지 못하게 하고 잔을 불러들였다. 잔이 들어오다가 정당(正堂) 위에 앉은 거짓 왕에게는 가지 않고 곧 제신들이 있는 반열에 들어와 참 국왕을 보고 재배하거늘, 왕이 거짓 놀라는 체하여,

"낭자가 그릇 왔도다."

하며, 당상(堂上)을 가리켜,

"저 위에 용포(龍袍)를 입고 앉으신 국왕 폐하께 뵈어라. 나는 아니로라."

---

80) 황금갑주(黃金甲胄): 황금으로 장식한 갑옷과 투구를 뜻한다.
81) 칭탁(稱託)하다: 사정이 어떠하다고 핑계를 대다.

하였다. 잔이 엎드려 여쭈었다.

"천한 여자가 감히 천신의 명을 받아 왔사오니 아무리 폐하께서 의복을 바꾸었을지라도 어찌 모를 이치가 있사오리까?"

왕이 그제야 잔의 성명과 거주지를 물으시고 그 뜻을 알고자 하거늘, 잔이 대답했다.

"천한 여자는 동레미 농가의 여자인데, 이름은 잔 다르크요, 나이는 19세입니다. 어려서부터 천신의 명을 받아 프랑스의 재앙을 구원하며, 대왕을 위하여 적국을 소탕하고 랭스[82] 땅을 회복하고 폐하를 받들어 가면의례[83]를 행코자 하나이다."

인하여 보드리쿠르 장군의 공문을 드리니 왕이 그제서야 진심인 줄 알고 잔의 손을 잡고 말하기를,

"프랑스 사람이 다 낭자 같으면 어찌 회복하기를 근심하리오?"

하고, 못내 차탄하셨다. 원래 프랑스의 법에 왕이 즉위하면 반드시 가면의례를 행하되, 역대로 즉위할 때마다 랭스 땅에서 행하였다. 이때 그 땅이 영국에게 빼앗긴 바 되어 왕이 가면의례를 행하지 못하므로 잔이 그것을 고한 것이다. 이에 좌우의 제신이 다 서로 말하였다.

"상제께서 프랑스를 위하여 이 여자를 보내어 나라를 중흥케 함이라."

---

82) 랭스(梨燕, Reims)
83) 가면의례(假面儀禮): 귀신이나 재앙을 물리치고, 복을 받아 태평한 시간을 맞이하려는 의도로 가면을 쓰고 하는 의식이다.

이에 앞서 프랑스 왕 샤를 7세가 남방에 파천하여 각처의 패한 군사를 거두니 대략 3천여 명이다. 이날 왕은 그 패병(敗兵) 3천 명을 잔의 휘하에 붙이시고 잔을 대원수로 봉하여 여장군으로 삼고, 황금 갑주와 비단 국기와 또 몸 기(旗) 하나를 주었다. 그 몸 기에는 천주의 화상을 그렸는데, 번번이 진중에 들 때마다 손에 드는 기이다. 잔이 원융[84]의 단에 올라 황금 갑주와 백은포[85]를 입고 우수(右手)에 장검을 들고 좌수(左手)에 몸 기를 잡아 엄연히 대장기 아래에 앉았으니, 그 기에 황금색 대자(大字)로 '대프랑스 대원수 여장군 잔 다르크'라 새겼다.

원수 비록 연약한 여자의 몸이나 무기와 융장[86]을 단속하고 장수의 단에 높이 오르니, 그 위엄이 엄숙하고 풍채가 늠름하여 진실로 여장부의 풍신이 있다. 이날 제장 군졸을 불러 일제히 점고하고[87] 무기를 조련하였다. 군사는 다 원수의 신통한 도략(圖略)에 복종하여 용맹이 백 배나 떨치니, 보는 사람마다 책책[88] 칭찬하지 않는 이가 없었다.

정히 원융은 본시 나라를 평안히 할 뜻이 간절하고, 제장은 깊이 나라를 사랑하는 마음이 가득하도다.

---

84) 원융(元戎): 군사의 우두머리를 뜻한다.
85) 백은포(白銀袍): 은처럼 흰 천으로 지은, 바지저고리 위에 입던 겉옷이다.
86) 융장(戎裝): 싸움터로 나아갈 때의 차림을 뜻한다.
87) 점고(點考)하다: 명부에 일일이 점을 찍어 가며 사람의 수를 조사하다.
88) 책책(嘖嘖): 크게 외치거나 떠드는 소리를 말한다.

제6회

각설. 이때 프랑스는 아직 중고[89] 시대라 사람마다 천신을 숭상하고 종교에 침혹(沈惑)되었다. 이는 미개한 시대에 흔히 있는 일이다. 잔의 이름이 세상에 진동하여 아동주졸[90]이라도 모르는 자가 없어 혹은 말하기를,

"천신이 세상에 내려와 프랑스를 구한다."

하며, 혹은 말하되,

"요괴한 마귀가 사술(邪術)로 사람을 유혹한다."

하며, 종종 의론이 사방에 분분하였다.

원수는 인심이 이러함을 알고 불가불 의(義)로 인심을 격발하고 분운한[91] 논란을 바르게 하리라 하여 일장 격서[92]를 지어 동네 어귀 큰길가에 게시하고 각 지방에 전파하였다. 그 격문은 다음과 같았다.

슬프다! 프랑스가 불행하여 종사가 없어지고 백성이 유리하며[93] 도성이 함몰하고 임금이 파천하시니, 진실로 우리나라 백

---

89) 중고(中古): 역사에서 상고(上古)와 근고(近古)의 중간 시기이다.
90) 아동주졸(兒童走卒): 철없는 아이들과 어리석은 사람들이라는 뜻이다.
91) 분운(紛紜)하다: 이러니저러니 말이 많다.
92) 격서(檄書): 어떤 일을 여러 사람에게 알리어 부추기는 글. 격문과 같은 말이다.

성이 와신상담[94]할 때라. 나는 어려서 상제의 명을 받들고 충의의 마음을 품어 감히 의병을 모집하여 고국을 회복하고 강한 적국의 원수를 씻으며 동포의 환란을 구원코자 하노니, 모든 우리 프랑스의 인민은 다 애국하는 의무를 담당하고, 마땅히 도적을 물리칠 정신을 떨쳐 소문을 듣고 흥기(興起)하며, 격서를 보고 소리를 응하여 미친 물결을 만류하고 거룩한 사업을 이룰지어다. 슬프다! 우리 동포여!

이때 각처에서 인민 남녀들이 격서를 보고 애국의 사상을 분발하여 통곡하는 자가 많아 한번 잔 다르크 원수 보기를 천신같이 원하였다. 원수가 이 소문을 듣고 심중에 기뻐하여 또 한 방책(方策)을 생각하였다.

'오늘날 인심이 저렇듯이 분발하니 우리나라가 회복할 기틀이 있을까 하나, 다만 세상 사람의 심장을 측량하지 못하니 인심이 번번이 이해(利害) 세력에 쏠려서 나라가 욕될 줄 모르고 적국에 항복하며 붙이는 자가 많도다. 내 마땅히 오늘 군사의 위엄이 떨치고 날랜 기운이 성한 시기를 타서 한바탕 연설(演說)로 인심도 고동

93) 유리(流離)하다: 일정한 집과 직업이 없이 이곳저곳으로 떠돌아다니다.
94) 와신상담(臥薪嘗膽): 불편한 섶에 몸을 눕히고 쓸개를 맛본다는 뜻으로, 원수를 갚거나 마음먹은 일을 이루기 위하여 온갖 어려움과 괴로움을 참고 견딤을 비유적으로 이르는 말이다. 《사기》의 〈월세가(越世家)〉와 《십팔사략》 등에 나오는 이야기로, 중국 춘추 시대 오나라의 왕 부차(夫差)가 아버지의 원수를 갚기 위하여 장작더미 위에서 잠을 자며 월나라의 왕 구천(句踐)에게 복수할 것을 맹세하였고, 그에게 패배한 월나라의 왕 구천이 쓸개를 핥으면서 복수를 다짐한 데서 유래한다.

하고[95] 군사의 충의도 격발하게 하며, 한편으로는 국민 된 자로 하여금 염치를 알고 외인(外人)의 노예 됨을 부끄러운 줄 알게 하며, 또한 적국으로 하여금 우리 프랑스도 인물이 있어 남이 개와 돼지같이 보지 않게 하리라.'

즉시 군정관[96]을 불러 각 처에 게방하고[97], 글을 내려 사방에 통지하였다.

금년 5월 초길[98]에 시농 들 밖에 나아가 일장 연설회를 열 터이다.

이 군령이 한번 내리자 소문이 전파하여 각 도 각 군에서 남녀노소를 물론하고 성군결대(成群結帶)하여 잔 원수의 연설을 듣고자 하였다.

이때 영국에 항복한 프랑스 장관이며 각 지방 관찰사와 군수와 일반 관원들을 다 전과 같이 그대로 두고 하나도 고치지 아니하므로 영국의 명령을 받아 정탐 노릇을 하였다. 홀연 비상한 여장군이 나서서 허다(許多)히 기묘한 일과 신통한 술법이 있다고 하자 모두가 위원 하나씩을 비밀히 파송하여 그 거동을 살폈다. 또 영국 군중에서도 벌써 잔 원수의 이같이 신기한 소문을 들었을 터이나, 다만

95) 고동(鼓動)하다: 힘을 내도록 격려하여 용기를 북돋우다.
96) 군정관(軍政官): 점령 지역에서 군정을 시행하는 사령관을 말한다.
97) 게방(揭榜)하다: 여러 사람이 볼 수 있도록 글을 써서 내다 붙이다.
98) 초길(初吉): 음력으로 매달 초하룻날을 이르는 말이다.

오를레앙 성을 굳게 지켜 속히 빼앗지 못하므로 각처에 있는 군사를 일제히 모아 합력해서 오를레앙을 공격하였다. 그러므로 다른 데 겨를이 없으며, 또한 잔 원수는 일개 유약한 여자라 조금도 유의치 아니하므로 원수의 행동을 자유롭게 두어 방비하지 아니 했다. 그 까닭에 잔 원수는 그 기틀을 얻어 필경 대공을 이룸이다. 어찌 하늘이라 아니하리오?

정히 이 창자에 가득한 더운 피가 눈물을 이루거늘, 한 폭 산하를 차마 남에게 붙이랴?

제7회

차설. 이때 연설할 기한이 이르자 잔 원수가 군사를 불러 연설장에 나아가 포치[99]를 정제히 하고 식장을 수축하였다. 그 연설장은 십분 광활하여 가히 수십만 명을 용납할 만하고, 또한 연설대는 그 중간에 있는데 천생(天生)으로 된 조그마한 돈대(墩臺)이다. 돈대 위에는 나무 수풀이 있어 푸른 가지는 하늘을 덮었고, 무르녹은 그늘은 일광(日光)을 가렸으므로 사방에서 관망하기도 좋았다. 또한 이때는 5월 천기[100]라 정히 노는 사람에게 합당하므로 방청하는 남녀노소가 원근을 불구하고 인산인해(人山人海)를 이루어 심히 초장에 사람으로 성을 둘렀다.

이날 상오(上午) 10시에 이르자 원수가 연설대에 올랐다. 남녀 인민의 분잡함[101]과 훤화하는 소리가 정히 번괄할[102] 즈음에 홀연 방포일성(放砲一聲)이 여러 귀를 깨어 장(場) 중이 정숙한데, 국기를 높이 달고 일개 미인이 머리에 계화관(桂花冠)을 쓰고 몸에 백금

---

99) 포치(porch): 건물의 입구나 현관에 지붕을 갖추어 잠시 차를 대거나 사람들이 비바람을 피하도록 만든 곳이다.
100) 천기(天氣): 그날그날의 비, 구름, 바람, 기온 따위가 나타나는 기상 상태. 날씨와 같은 말이다.
101) 분잡(紛雜)하다: 많은 사람이 북적거려 시끄럽고 어수선하다.
102) 번괄(煩聒)하다: 번거롭고 시끄럽다.

포(白錦袍)를 입고 손에 몸 기를 두르며 붉은 나상[103]은 땅에 끌리고 비단 요대(腰帶)는 남풍에 표표하니[104], 완연히 보름달 빛과 구슬 광채같이 찬란하게 연설장 중으로 쏘여 오자 온 장중의 수십만 사람의 두 눈빛을 모두 모아서 한 사람의 몸뚱이 위에 물 대듯 하였다. 모두가 하는 말이,

"저 여장군이 전일 소문과 같이 참 신기하고 이상한 여자로다. 평일에 꽃다운 이름을 여러 번 익히 듣고 한번 보기 소원이더니, 오늘에야 그 아름다운 용모를 보매 참 천상의 사람이라. 세상에 어찌 저러한 인물이 또 있으리오? 우리가 자연히 공경할 마음이 생기도다."

하며, 일제히 장중이 정숙하고 천상 귀를 기울여 연설 듣기를 바빠 하였다. 이때 원수가 몸 기를 두르며 한 점 앵두 같은 입술을 열고 3촌[105] 연꽃 같은 혀를 흔들어 두 줄기 옥을 깨치는 소리로 공중을 향하여 창자에 가득하고 열심한 피를 토하니, 그 연설은 다음과 같았다.

"우리 프랑스의 동포 국민 된 유지하신[106] 제군들은 조금 생각하여 보시오! 우리나라가 어떻게 위태하고 쇠약한 지경이며, 오늘날 무슨 토지가 있어 프랑스의 땅이라 하겠소? 북방 모든 고을

---

103) 나상(羅裳): 얇고 가벼운 비단으로 만든 치마를 일컫는다.
104) 표표(飄飄)하다: 팔랑팔랑 가볍게 나부끼거나 날아오르다.
105) 촌(寸): 길이의 단위. 1촌은 한 자의 10분의 1 또는 약 3.03cm에 해당한다.
106) 유지(有志)하다: 어떤 일에 뜻이 있거나 관심이 있다.

은 이미 다 영국에 빼앗긴 바 아니오? 남방에 있는 고을은 다만 한낱 오를레앙 성을 의지하지 아니하였소? 이 한 성도 불구(不久)에 함몰할 지경에 이르렀으니, 만일 이 성을 곧 잃으면 프랑스의 종사가 전수이[107] 멸망하는 날이 아니오? 또한 우리 국민이 모두 남의 노예와 우마(牛馬)가 되는 날이 아니오? 다 아시오! 대저 천하 만고에 가장 천하고 부끄럽고 욕되는 것이 남의 노예가 이 아니오? 국가가 한번 망하면 인민이 다 노예가 될 것이요, 한번 노예가 될 지경이면 일평생을 남에게 구박과 압제를 입어 영원히 하늘을 볼 날이 없지 않소. 심지어 재물과 산업도 필경 남에게 빼앗긴 바가 될 것이요, 조상의 분묘(墳墓)도 남에게 파냄이 될 것이요, 나의 처자도 남에게 음욕[108]을 당할 것이니, 이집트[109] 나라를 보았소? 옛날에 유대[110]국 사람을 어떻게 참혹히 대접하였소. 이것이 다 우리의 거울일 것 아니오? 저러한 사정이 다 유대국 사기(史記)에 자세히 있지 아니하오. 우리나라도 비록 이 지경이 되었으나, 여러 동포가 동심협력하여 발분진기[111]하면 오히려 일맥 생기(生氣)가 있겠거늘, 만일 인민이 다 노예가 되고 토지가 다 점탈(占奪)될 때를 기다려 그제야 회복을

---

107) 전수(全數)이: 모두 다라는 말이다.
108) 음욕(淫慾): 음란하고 방탕한 욕심을 말한다.
109) 이집트(埃及, Egypt)
110) 유대(猶太, Judea)
111) 발분진기(發憤振起): 마음과 힘을 다하고 정신을 가다듬어 떨쳐 일어남을 뜻한다.

도모코자 하면, 그때는 후회한들 할 수 없을지라. 그런고로 내가 오늘날 요긴한 문제 하나가 있어 여러분에게 질문하고자 하노니, 여러분들은 독립 자유의 인민이 되기를 원하느뇨? 그렇지 않으면 천하고 염치없는 남의 노예가 되고자 하는가?"

이 말에 이르러서는 온 장중이 모두 괴괴하면서[112] 머리털이 하늘을 가리키고 눈빛이 횃불 같으며 다 소리를 질러 말하기를,

"결단코 아니하겠소! 결단코 아니하겠소! 우리가 어찌 외인(外人)의 노예가 되리오? 차라리 함께 죽을지언정 노예는 아니 되겠소!"
하는 소리를 만장일치로 떠들었다. 잔 원수는 인심이 저렇듯이 감동되어 모두 열성이 솟아남을 보고 상을 크게 치며 소리를 질러 다시 연설하였다.

"동포 제군께서 이미 노예가 되는 것이 부끄러운 욕이 되는 줄 아시니, 이렇듯 좋은 일이 없나이다. 그러나 다만 부끄러운 욕이 되는 줄로 알기만 하고 설치(雪恥)할 생각이 없으면 모르는 사람과 일반이 아니오? 대개 세계상에 어떤 나라 사람이든지 진실로 인민이 된 책임을 다해야 당연한 의무가 아니오? 그러한 고로 나라의 원수와 부끄러움이 있으면 이는 곧 온 나라 백성의 원수요, 부끄러움이 아니겠소? 또한 온 나라 사람이 함께 보복할 일이 아니오? 이러므로 유명한 정치가의 말이 '모든 국민이

112) 괴괴하다: 쓸쓸한 느낌이 들 정도로 아주 고요하다.

된 자는 사람 사람이 모두 군사가 될 의무가 있다' 하니, 그 말이 웬 말이오? 사람으로 생겨 국민이 되면 사람마다 주권에 복종하며, 사람마다 군사가 되어 나라를 갚는 것이 당연치 아니하오? 이것은 자기의 몸과 힘으로 자기의 생명과 재산을 보호함과 일반이오. 그런고로 나라의 부끄러움과 욕을 씻는 것은 곧 자기 일신의 부끄러움과 욕을 씻는 것과 일반이요, 이것은 우리 국민이 된 자가 사람 사람이 다 마땅히 알 도리가 아니겠소? 또한 오늘날 이러한 시국을 당하여 어떠한 영웅호걸에게 이러한 책임을 맡겨두고, 우리는 일신을 편히 있기만 생각하고 마음이 재가 되며 뜻이 식어 슬피 탄식만 하고 나라가 위태하고 망하는 것만 한탄한들, 무엇에 유익하며 무슨 난을 구하겠소? 또한 그렇지 않고 보면 어떤 사람은 염치를 잃고 욕을 참으며 부끄러움을 무릅쓰고 적국에게 항복하여 외인의 개와 돼지가 됨을 달게 여기니, 이러한 통분한 일이 또 있소? 대저 나라의 흥망은 사세[113]의 성패에 달리지 않고 다만 인민의 기운의 강약에 달렸나니, 청컨대 고금 역사에 기록한 사적을 보시오. 한번 멸망한 나라는 천백 년을 지내도록 그 백성이 능히 다시 회복하고 설치한 날이 있나이까? 이런 증거가 소연하지[114] 않소? 그런고로 오늘날 우리들이 동심동력(同心同力)하여 열심을 분발하면, 어찌 부끄러움을 씻을 날이 없겠소? 나라의 위엄을 떨치고 나라의

---

113) 사세(事勢); 일이 되어 가는 형세를 말한다.
114) 소연(昭然)하다: 일이나 이치 따위가 밝고 선명하다.

원수를 갚는 것은 우리들의 열심에 달렸소.

제군, 제군이여! 이미 남 아래에 굴복하지 아니할 뜻이 있을 진대, 반드시 일을 해 보아야 참으로 굴복하지 아니하는 것이 아니오. 제군들은 생각하오! 우리나라가 이 지경이 되어 위태함 이 조석에 있으니, 만약 오를레앙 성을 한번 잃으면 우리나라는 결단코 보전치 못할지라. 그때가 되면 제군의 부모 처자가 반드 시 남에게 능욕을 당할 것이요, 제군의 재산 분묘가 반드시 남 에게 탈취한 바가 될 것이니, 그 때에 이르러서 남에게 우마와 노예가 아니 되고자 하여도 할 수 없으리라. 상담[115]에 이르기 를, '눈 없는 사람이 눈 없는 말을 타고 밤중에 깊은 못에 다다른 다' 하니, 만일 한번 실족(失足)하면 목숨이 간 곳 없을지라. 정 히 오늘날 우리를 위하여 하는 말 아닌가? 만약 급속히 일심으 로 자기의 생명을 놓고 적국에 항거하지 아니하면, 이 수치를 어느 때에 씻으리까? 어서어서 천 사람이 일심(一心)하고 만 사 람이 동성(同聲)하여 사람마다 죽을 뜻을 두어 가마솥을 깨치고 배를 잠가서[116] 한번 분발하면, 영국이 비록 하늘 같은 용략이 있더라도 우리나라가 어찌 적국에게 압복할[117] 바가 되리오?

제군, 제군이여! 만약 살기를 탐하고 죽기를 겁내어 나라가

---

115) 상담(常談): 늘 쓰는 예사로운 말이다.
116) 가마솥을 깨치고 배를 잠가서: 초(楚)나라의 항우(項羽)가 진(秦)나라와 거록(鉅 鹿)에서 싸울 때, 강을 건너는 배를 가라앉히고, 솥과 시루를 깨뜨려 죽을 각오로 싸워 크게 이긴 데서 연유한 고사성어인 '파부침주(破釜沈舟)'를 풀어쓴 것이다.
117) 압복(壓服/壓伏)하다: 힘으로 눌러서 복종시키다.

망할 때에 당도하면, 남의 학대가 자심하여[118] 살기에 괴로움이 도리어 죽어 모르는 것만 못할지니, 나는 본래 궁항(窮巷) 벽촌의 일개 외롭고 잔약한 여자로서 재주와 학식도 없으나, 다만 나라의 위태함을 통분히 여겨 국민이 된 한 분자(分子)의 의무를 다하고자 함이요, 차마 우리 국민이 남의 우마와 노예가 됨을 볼 수 없어 이같이 군중에 몸을 던졌나니, 다행히 로베르 장군의 은덕으로 나의 고심혈성[119]을 살피시고 나로 하여금 군사에 참예하게 하였도다. 오늘날 제군으로 더불어 이때에 서로 보매, 나는 결단코 맹세하기를 몸으로 나랏일에 죽어서 우리 국민을 보전코자 하노니, 제군, 제군이여! 이미 애국심이 있을진대 과연 어찌하면 좋을꼬? 기묘한 방책으로 가르침을 바라고 바라노라."

잔 원수가 연설을 마치지 못하였는데, 두 눈에서 눈물이 비 오듯 흐르면서 일장 방성통곡(放聲痛哭)하니, 방청하던 여러 사람이 모두 감동하여 애통해하며 더운 피가 등등하여[120] 차탄함을 마지 아니하여 말했다.

"원수는 불과 일개 연약한 여자로서 저러한 애국열심(愛國熱心)이 있거늘, 우리들은 남자가 되어 대장부라 하면서 도리어 여자만 못하니 어찌 부끄럽지 아니하리오?"

---

118) 자심(滋甚)하다: 더욱 심하다.
119) 고심혈성(苦心血誠): 온 마음과 힘을 다하는 지극한 정성을 뜻한다.
120) 등등(騰騰)하다: 기세가 무서울 만큼 높다.

스스로 꾸짖는 자와 한탄하는 자와 통곡하는 자와 주먹을 치고 손바닥을 비비며 살지 않고자 하는 자들이 일제히 소리를 질러 말했다.

"우리들이 오늘은 맹세코 반드시 나라와 한가지로 죽을 것이요, 만약 나라가 망하면 우리도 단정코 살지 못하리라."

일시에 여러 남녀가 흉흉하여[121] 조수(潮水)가 밀듯 샘물이 솟듯 애국 열성이 사면에 일어나서 다 이 원수의 휘하에 군사 되기를 자원하니, 그 형세 심히 광대하였다.

정히 이 일개 여자가 애국성을 고동하니, 백만 무리가 적국을 물리칠 기운을 떨치도다.

---

121) 흉흉(洶洶)하다: 물결이 세차고 물소리가 매우 시끄럽다.

제8회

각설. 이때 연설장에서 여러 인민들이 일제히 잔 원수의 군사가 되기를 자원하는 자가 분분하거늘, 원수가 일컬어 말했다.

"그대들이 이제 군중(軍中)에 들어와 나라를 위하여 전장에 나가고자 할진대, 마땅히 죽기를 동맹(同盟)하고 일심으로 병력하여[122] 적군을 파할지니, 오늘부터 항오[123]를 차려 군령(軍令)에 복종하고 기율(紀律)을 문란하게 하지 말라."

이날 행군하니, 원근 촌락에 있는 백성들이 양초와 기계 등속을 가지고 모두 원수의 군중에 바치는 자가 낙역부절[124]하였다. 원수가 오를레앙 10리 밖에 이르러 진을 머물고 적진을 살펴보니, 만산편야[125]한 것이 다 영국 군병이다. 기치창검[126]은 일광(日光)을 가리고 금고함성[127]은 천지를 진동하는데, 한편으로 외로운 성에는

---

122) 병력(並力)하다: 힘을 한데 모으다.
123) 항오(行伍): 군대를 편성한 대오. 한 줄에 다섯 명을 세우는데 이를 오라 하고, 그 다섯 줄의 스물다섯 명을 항이라 한다.
124) 낙역부절(絡繹不絶)하다: 왕래가 잦아 소식이 끊이지 아니하다.
125) 만산편야(滿山遍野): 산과 들에 가득함. 사람이 많음을 비유적으로 이르는 말이다.
126) 기치창검(旗幟槍劍): 군대에서 쓰던 깃발, 창, 칼 따위를 통틀어 이르던 말이다.
127) 금고함성(金鼓喊聲): 군중(軍中)에서 호령하는 데 사용하던 징과 북소리와 군사들의 고함소리이다.

살기(殺氣)가 참담하였다.

원수가 제장을 불러 상의하였다.

"이제 영국 군병의 형세가 심히 굉장하여 낱낱이 날래고 싸움을 잘하는 군사일뿐더러 병기도 다 정리하니 형세로 하면 능히 이기지 못할지라. 우리는 다만 애국 열혈로 빈주먹만 쥐고 죽기를 무릅써 일제히 앞으로 나아갈 따름이니, 비록 칼과 창이 수풀 같고 화살과 탄환이 비 오듯 할지라도 한 걸음도 물러갈 생각 말고 다만 앞으로 나아가자."

이어 각각 군장(軍裝)을 단속하여 적진으로 달려들었다. 사람마다 애국하는 열혈이 분발하여 죽을 마음만 있고 살 생각은 없으니, 날랜 기운이 충천(衝天)하여 한 아이가 백을 당할 듯하였다. 영국 군사가 아무리 많고 날래나 이렇게 죽기로 싸우는 사람을 어찌 당하리오? 원수의 들어오는 형세가 바다에 조수가 밀듯 하니, 영국 군사가 자연히 한 편으로 헤어지며 분분히 흩어졌다.

각설. 이때 오를레앙 성이 에움을 입은 지 이미 일곱 달이다. 타처(他處)의 군사가 구원하지 않고 군량이 오는 길도 끊어져 장졸(將卒)이 다 주리고 곤핍하여 형세 심히 위태하니, 장차 조석(朝夕)에 함몰할 지경이다. 뒤누아 공작이 근심을 이기지 못하여 홀로 성루에 올라 적진을 살폈다. 홀연 어떠한 장수가 금개(金蓋) 은갑(銀甲)을 하고 백마에 높이 앉아 우수로 장검을 두르며 좌수로 몸기를 집고 군사를 몰아 비호같이 들어오니, 영국 군사가 추풍낙엽처럼 분분히 흩어지며 물결같이 헤어졌다. 공작이 크게 놀라 의심하였다.

'어떠한 장수가 저렇듯이 영웅인고? 혹 꿈인가?'

눈을 씻고 자세히 살피니 일개 여장군이 분명하므로 대단히 의심할 즈음에 원수가 벌써 성문에 이르렀다. 공작이 급히 문을 열고 원수를 맞아 전후 사정을 낱낱이 들으니, 모두 원수의 애국 충의를 흠탄하여[128] 말했다.

"원수는 천고의 여중 영웅이요, 절세 호걸이라. 원수 곧 아니면 우리 오를레앙 성 중 사람은 다 도마 위에 고기가 될 것이요, 프랑스가 다 멸망할 것인데, 하늘이 원수를 보내사 우리 프랑스를 구제하심이라."

인하여 공작이 손을 잡고 술을 내어 군졸을 호궤하니[129], 원수가 말했다.

"적병이 아직 성 밖에 있으니, 내 마땅히 힘을 다하여 적병을 소탕하고 강토를 회복한 후에 국왕을 받들고 군신이 일체 쾌락하게 하리라."

즉시 황금갑을 입고 백마에 올라 우수에 칼을 잡고 좌수에 몸기를 들어 군사를 지휘하며 성문을 열고 내달아 좌충우돌하였다. 영국 장군이 군사를 나눠 좌우 날개로 베풀고 맞아 싸우거늘, 원수가 기병을 몰아 그 중간으로 충돌하였다. 영국 장사가 다투어 원수를 사로잡고자 하여 사면으로 분주하니, 원수는 몸이 나는 제비같

128) 흠탄(欽歎)하다: 아름다움을 감탄하다.
129) 호궤(犒饋)하다: 군사들에게 음식을 주어 위로하다.

이 동에 번뜩 서에 번뜩 칼 빛이 번뜩하면 저병이 머리가 낙엽같이 떨어지니, 영국 장졸은 정신이 현란하여 진(陣)이 어지럽고 항오를 잃었다. 원수가 그제야 기병을 돌려 좌우로 치고 또한 보병을 불러 앞뒤로 짓치니, 영국군이 대패하여 분분히 도망하였다. 원수가 그 군량과 기계를 모두 빼앗아 성중으로 들이니, 성중 장졸이 오래 주리다가 무수한 양식을 보고 또한 영국군의 패함을 보자 만세를 부르는 소리가 우레같이 일어나며 용맹이 백 배 더하였다. 원수가 이튿날 또 영국 군대와 싸워 수십 합[130]에 영국군이 또 패하여 도망하였다. 원수가 장사를 거느리고 뒤를 쫓아 충돌하다가 별안간 복병이 일어나며 화살이 비 오듯 하되, 원수가 겁내지 않고 좌우로 엄살하더니[131] 홀연 화살이 날아와 왼팔을 맞히자 원수가 말에서 떨어지므로 영국 장수가 원수가 가진 몸 기를 빼앗아 도망하였다. 원수는 홀연 몸을 솟구쳐 말안장에 뛰어 오르며 오른손으로 화살을 빼어 버리고, 금포(錦袍) 자락을 찢어 팔을 싸고 나는 듯이 말을 달려 영국 장수를 베고 몸 기를 도로 빼앗아 본진으로 돌아오니, 양국 군사가 바라보다가 모두가 말했다.

"원수는 귀신이요, 사람이 아니라."

이때 영국의 서퍽 장군이 프랑스에게 여러 번 패하여 필경 이기지 못할 줄 알고 남은 군사를 거두어 루하르강을 건너 도망하니, 이때는 1429년 5월 8일이다. 이에 오를레앙 성의 에움을 풀었다.

---

130) 합(合): 칼이나 창으로 싸울 때, 칼이나 창이 서로 마주치는 횟수를 세는 단위이다.
131) 엄살(掩殺)하다: 별안간 습격하여 죽이다.

프랑스 사람들이 잔 원수의 공을 생각하여 잔 원수의 별호(別號)를 오를레앙이라 부르고, 큰 비(碑)를 세워 잔 원수의 공을 새겨 천추만세에 기념하며, 손을 잡고 술을 빚어 3일간 큰 잔치를 열고 만세를 부르며 무한히 즐겼다. 이로부터는 원수의 명령을 복종하지 아니하는 자가 없었다.

정히 하루아침에 능히 중흥할 업(業)을 심으니, 만세에 오래 불망(不忘)할 비(碑)를 세웠도다.

제9회

차설. 오를레앙 성 중이 잔 원수를 위하여 3일간 큰 잔치를 열고 군사를 쉬게 하더니, 이때 잔 원수가 말했다.

"지금 우리 대왕이 아직 가면의례를 행하지 못하였으나, 내 마땅히 하수(河水)를 건너 영국 군대를 소탕하고 랭스 성을 찾아 대왕의 즉위례(卽位禮)를 행하리라."

즉시 군사 수만을 이끌고 루아르 강을 건너 랭스 성을 향하니, 이때는 추(秋) 7월 망간[132]이다. 추풍(秋風)은 삽삽하고[133] 갈대꽃은 창창한데,[134] 한곳에 당도하니 남녀노소 수천 명이 수풀 아래에 누워 호곡하는[135] 소리가 심히 슬프므로 원수가 그 연고를 물었다. 모두가 통곡하며 말했다.

"우리는 다 아무 고을에 살았는데, 태수가 영국에 항복하였으므로 영국군이 군대를 몰아 성 중에 들어와 백성의 양식을 탈취하며 부녀를 겁간하였습니다. 이에 부지할 길이 전혀 망연하여 우리가 일제히 남부여대하고[136] 각자도생하여 장차 오를레앙 성으로 향하

---

132) 망간(望間): 음력 보름께를 말한다.
133) 삽삽(颯颯)하다: 바람이 몸으로 느끼기에 쌀쌀하다.
134) 창창(愴愴)하다: 몹시 서럽고 슬프다.
135) 호곡(號哭)하다: 소리를 내어 슬피 울다.
136) 남부여대(男負女戴)하다: (비유적으로) 가난한 사람들이 살 곳을 찾아 이리저리

더니, 중로에서 기갈이 지극히 심하여 이곳에 누웠나이다."

원수가 이 말을 듣고 측은히 여겨 양식을 주어 기갈을 면하게 하고, 군사를 명하여 오를레앙 성까지 호송하게 하였다. 그리고 그날 밤 삼경[137]에 영군의 진에 달려들어 엄살하는데, 원수가 선봉이 되어 충돌하니 영국 군대가 대패하여 사방으로 흩어졌다. 원수가 뒤를 쫓아 크게 파하고 영국 대장 탈보트[138]를 사로잡아 성에 들어가 인민을 위로하며 어루만지고, 항복한 관원을 잡아 군문에 효시하였다.[139]

익일(翌日)에 또 발행하여 랭스 성을 파하고 영국 군사를 무수히 죽이니, 군사의 위엄이 크게 진동하였다. 행하는 곳마다 대적할 이가 없어 영국 군사를 일병(一竝) 구축하니,[140] 사방이 풍성[141]을 바라고 돌아와 항복하는 자가 분분하였다. 또한 잃은 성을 다시 찾고 항복하였던 고을을 도로 찾아 거의 강토를 회복하였다.

이에 원수가 프랑스 왕을 맞아 랭스에 이르러 장차 가면의례를 행하고자 날을 책정하니, 곧 동(冬) 10월 8일이다. 원수가 각 도,

---

떠돌아다니다. 피란 짐을 남자는 등에 지고 여자는 머리에 인다는 뜻이다.

137) 삼경(三更): 하룻밤을 오경(五更)으로 나눈 셋째 부분. 밤 열한 시에서 새벽 한 시 사이이다.

138) 탈보트(대이박, John Talbot, 1387~1453). 원문에는 '대이박'이라 표기하고 있으나 중국어본에는 없는 단어이다. 다른 근대 중국 자료에는 '塔爾伯特'으로 표기되어 있다.

139) 효시(梟示)하다: 목을 베어 높은 곳에 매달아 놓아 뭇사람에게 보이다.

140) 구축(驅逐)하다: 어떤 세력 따위를 몰아서 쫓아내다.

141) 풍성(風聲): 교육이나 정치의 힘으로 풍습을 잘 교화하는 일을 말한다.

각 군, 각 성에 글을 내려 왕의 가면의례를 반포하니, 이 때 각 지방에 있는 관원이나 백성들이 다만 영국이 있는 줄 알고 영국 군사에게 복종하여 프랑스 왕이 있음을 모르더니, 이제 공문이 전파되자 비로소 국왕이 있는 줄 알았다. 또한 원수의 위엄을 두려워하여 다투어 조회(朝會)하니, 이로부터 그 근처 각 성이 프랑스 명령을 받들고 비로소 통하였다.

차설. 왕이 가면의례를 행하고 왕위에 나아가 잔을 공작[142]으로 봉하여 상경[143]의 위(位)에 처하게 하고, 귀족에 참여하게 하였다. 잔이 군복을 입고 몸 기를 잡고 엄연히 왕의 좌우에서 모시니, 프랑스 사람이 보는 자마다 눈물을 흘리며 서로 경사(慶事)를 일컬었다. 하루는 잔이 부모를 생각하고 돌아가고자 하여 왕께 하직하여 아뢰었다.

"신이 본래 향곡[144]의 빈한한 일개 여자로 간절히 나라의 원수를 갚고 여러 인민의 재앙을 구제하고자 나왔사오나, 늙은 부모는 다른 자녀가 없사옵고 다만 소신(小臣) 한 여자뿐이오니 봉양할 사람도 없사옵고, 또한 천한 여식을 생각하는 마음이 주야로 간절할 것이오니, 어찌 사정이 절박하지 아니하오리까? 이제 천행(天幸)으

---

142) 공작(公爵): 다섯 등급으로 나눈 귀족의 작위 가운데 첫째 작위. 후작(侯爵)의 위이다.
143) 상경(上卿): 조선 시대에, 정일품과 종일품의 판서를 이르던 말이다.
144) 향곡(鄕曲): 도시에서 멀리 떨어진 시골의 구석진 곳을 뜻하는 말로, 자신의 거처를 낮추어 표현한 것이다.

로 하늘이 도우시고 폐하의 넓으신 복으로 오를레앙 성을 구제하고, 잃은 강토를 태반이나 회복하고 영국의 장졸을 무수히 구축하여 부끄러움을 조금 씻었사옵니다. 랭스 성을 찾아 폐하께서 즉위하사 가면의례를 행하였사오니, 신의 지극한 소원을 조금 이루었으므로 오늘은 고향에 돌아가 부모를 섬기려 하오니, 바라옵건대 폐하는 생각하옵소서."

눈물이 잠잠히 흘러 나삼(羅衫)을 적시는지라, 프랑스 왕이 간절히 만류하여 말했다.

"경이 아니면 짐이 어찌 오늘날이 있으리오? 경의 은혜는 하해(河海)와 같으나, 다만 경이 곧 없으면 적병이 또 들어와 분탕할 것이요, 지금까지 파리 성도 회복하지 못하였으니, 청컨대 경은 짐을 위하여 조금만 머물러 파리 성이나 회복하고 돌아가는 것이 짐의 간절한 바람이라."

왕이 재삼 간청하니, 잔은 본시 충의 심장이라 왕의 간청함을 듣고 차마 떨치지 못하여 부득이 허락하고, 부모께 글을 올려 사정을 고하였다.

정히 비록 공명(功名)은 일세에 빛날지라도 원래 충효는 양전(兩全)하기는 어렵다.

제10회

차설. 이때는 1430년이다. 잔이 다시 원수가 되어 대군을 영솔하고 파리 성을 회복하고자 하여 북방을 향하여 나아갔다. 이때 영국이 다시 군사를 조발(調發)하여 프랑스를 평정하고자 하였다. 잔이 적장과 서로 싸워 누차 영국 군대를 파하고 점점 파리 성 가까이 행하더니, 마침 강변의 네 성 수장(守將)이 사신을 보내어 구원을 청하여 말했다.

"지금 영국 군 수만이 본성을 철통같이 에워싸고 식량 보급 길을 끊어 성중에 있는 수십만 생명이 장차 물 잦은 못 가운데 고기와 같사오니, 원수는 급히 구하옵소서."

원수는 군사를 몰아 강변의 성에 들어가 장졸을 위로하고 이튿날 싸우고자 하였다. 이때 영국군이 잔 원수가 강변 네 성 중에 들어감을 보고 각처 군사를 모아 더욱 엄중히 에워싸고 구원하는 길을 끊고자 하였다. 그 이튿날 원수가 날랜 군사 6백 명을 거느리고 성 밖에 나아가 적군과 상대하였다. 이때 원수의 수하 대병은 다 멀리 있고, 원수는 다만 6백 명을 거느리고 강변 네 성에 들어왔다가 다만 6백 명으로 수만의 영국군을 대적하려 하니, 어찌 적은 군사가 많은 군사를 당하리오? 싸우다가 필경 원수의 군사가 패하여 달아나거늘, 원수는 할 수 없어 몸 기를 두르며 홀로 뒤에 서서 후전[145]이 되어 오는 적병을 대적하였다. 영국군이 감히 쫓지 못하고 도리어 스스로 물러가거늘, 원수가 군사들이 성문에 들어감을 보고 그제야 말을 달려 성문에 이르니, 성문을 굳이 닫았다. 원수가 크게 불러 문을 열라 하여도 응하는 자가 없으니, 대저 이때 영국군이 여러 번 패하여 장졸을 무수히 죽이자 분통한 한이 골절[146]에 사무쳐 잔을 구하여 죽이고자 하되 방책이 없었다. 이에 비밀히 금과 비단을 많이 내어 강변 네 성 수장에게 뇌물로 주고, 거짓 위급한 체하여 잔에게 구원을 청하였다가 문을 닫고 미리 역사(力士)로 하여금 성 밖에 매복하고 함정을 놓아 잔을 잡았다. 불식간(不識間)에 이미 잔을 얻어 영국군에게 많은 금을 받고 팔아먹은 것이다.

영국군이 대희하여 잔을 잡아다가 고대[147] 위에 두고 장차 죄를 얽어 죽이려 하더니, 잔이 기틀을 타 높은 집 위에서 떨어져 죽기로 작정하되, 이내 죽지 못하고 도리어 영국인에게 발각되어 루앙[148] 성 토굴 중에 깊이 갇혔다. 영국인이 심하게 학대하며 백방으로 죽일 계획을 생각하나, 무슨 죄명을 얽을 수 없어 다만 그 신술(神術)을 가탁하고[149] 우둔한 백성을 선동하였다. 이에 요망한 좌도[150]라 하고 죽이려 하되 복종하지 아니하니, 프랑스 교회 법원으로 보내어

---

145) 후전(後殿): 군대가 퇴각할 때에, 최후에 남아 추격하여 오는 적을 막는 군대이다.
146) 골절(骨節): 뼈와 뼈가 서로 맞닿아 연결되어 있는 곳. 움직일 수 없는 관절과 움직일 수 있는 관절이 있다. =관절.
147) 고대(高臺): 높이 쌓은 대이다.
148) 루앙(로앵, Rouen). 원문에는 '로앵'이라 표기하고 있으나 중국어본에는 없는 단어이다. 다른 근대 중국 자료에는 '魯昻'으로 표기되어 있다.
149) 가탁(假託)하다: 어떤 일을 그 일과 무관한 다른 대상과 관련짓다.
150) 좌도(左道): 유교의 종지(宗旨)에 어긋나는 모든 사교(邪敎)를 말한다.

심판하여 처결하라 한대, 프랑스 교회 법원에서 누차 심사하되 잔이 오히려 응연히[151] 불굴(不屈)하여 말했다.

"나는 비록 여자이나 일단 애국열심(愛國熱心)으로 나라를 위하여 부끄러운 욕을 씻고 적군을 물리쳐 인민의 환란을 구할 목적으로 국민을 고동하여 충의를 격발케 하고, 죽기를 무릅써 시석(矢石)을 피하지 않고 전장에 종사함이 곧 국민의 책임이거늘, 어찌 요술의 죄를 더하리오? 결단코 복종하지 못하리라."

영국인이 그 불복함을 어찌할 수 없어 비밀히 꾀를 내어 잔을 정한 곳으로 옮겨 가두고, 거짓 사내 복장을 잔의 평상시 새 옷으로 꾸며서 잔의 앞에 벌여 놓았다. 잔이 그 새 옷을 보고 지나간 일을 추사하되[152],

"나도 이왕 보쿨뢰르 성에서 보드리쿠르 장군과 프랑스 왕을 뵈올 때 저러한 의복을 입었더니, 이제 옛날 풍의[153]가 일분도 없도다."

잔이 스스로 탄식하자, 그 곁에 사환하는 계집아이가 간절히 청하여 말했다.

"낭자께서 저러한 의복을 입고 프랑스 왕을 보러 가실 때 그 풍채의 웅장하심을 세상이 다 흠탄하고 사람마다 한번 보기를 원한다 하오니, 원컨대 낭자는 저 복장을 한번 입으시면 내 한번 낭자의

---

151) 응연(凝然)히: 태도나 행동거지가 단정하고 듬직하게라는 뜻이다.
152) 추사(追思)하다: 지나간 일을 돌이켜 생각하다.
153) 풍의(風儀): 드러나 보이는 사람의 겉모양. 풍채와 같은 말이다.

옛날 풍채를 보고자 하나이다."

재삼 간청하거늘, 잔이 그것이 계교인 줄 알지 못하고, 그 의복을 갖추어 입고 그림자를 돌아보며 스스로 어여삐 여겨 노래하고 춤추며 신세를 슬퍼하였다. 영국인이 그 곁에서 엿보다가 이로 요술(妖術)의 증거를 잡아 드디어 좌도 요망(妖妄)으로 사람을 혹하게 하고 프랑스 교회를 패란하게[154] 한다는 법률에 처하여 루앙 시에 보내어 화형(火刑)에 처하니, 곧 1431년 9월이다.

그 후에 프랑스 왕이 잔의 죽음을 듣고 슬퍼함을 마지아니하여 그 가족을 불러 벼슬을 주어 귀족이 되게 하고 휼금[155]을 주시니, 프랑스 사람이 또한 각각 재물을 내어 빛나고 굉장한 비(碑)를 그 죽던 땅에 세워 그 공덕을 기념하고, 프랑스 백성이 지금까지 잔을 높이고 사모함이 부모같이 여김을 마지아니하였다.

정히 가련하다. 장대한 영웅의 여자가 옥(玉)이 부러지고 구슬이 잠김은 국민을 위함이로다. 붉은 분총 중에 이 같은 사업은 꽃다운 이름이 몇 봄을 유전하는고?

대저 잔 다르크는 프랑스 농가의 여자이다. 어려서부터 천생이 총민하므로 능히 애국의 충의를 알고 항상 스스로 분발 열심하여 나라 구함을 지원하나, 그러나 그때 프랑스가 인심이 어리석고 비

154) 패란(悖亂)하다: 정의에 어그러지고 정도(正道)를 어지럽히다.
155) 휼금(恤金): 정부에서 이재민을 구제하기 위해 주는 돈이다.

루하여 풍속이 신교(新敎)를 숭상하고 미혹한 마음이 깊으므로, 잔이 능히 이팔 청춘의 여자로 국사를 담당코자 하여 인심을 수습하며 위엄을 세워 온 세상 사람을 격발시켜 국권을 회복고자 할진대, 불가불 신통한 신도(神道)에 가탁하여 황당한 말과 신기한 술법이 아니면 그 백성을 고동하지 못할 것인 고로 상제의 명령이라 천신의 분부라 칭탁함이요, 실로 상제의 명령이 어찌 있으며 천신의 분부가 어찌 있으리오? 그런즉 잔의 총명 영민함은 실로 천고에 드믄 영웅이다.

당시에 프랑스의 온 나라가 다 영국의 군병에게 압제한바 되어 도성을 빼앗기고, 임금이 도망하고 정부와 각 지방 관리들이 다 영국에 붙어 항복하고 굴신(屈身)하며, 인민들은 다 머리를 숙이고 기운을 상하고 마음이 재가 되어 애국성[156]이 무엇인지 충의가 무엇인지 모르고, 다만 구명(救命) 도생(圖生)으로 상책을 삼아 부끄러운 욕을 무릅쓰고 남의 노예와 우마가 되기를 감심(感心)하여 나라가 점점 멸망하였으니, 다시 잔이 없다 하는 이 시절에 잔이 홀로 애국성을 분발하여 몸으로 희생을 삼고 나라 구할 책임을 스스로 담당하여 한 번의 고동(鼓動)에 온 나라 상하가 일제히 불같이 일어나 백성의 기운을 다시 떨치고, 다 망한 나라를 다시 회복하여 비록 자기의 몸은 적국에 잡힌 바가 되었으나, 이로부터 인심이 일층이나 더욱 분발 격동하여 마침내 강한 영국을 물리치고 나라를 중흥하여 민권을 크게 발분(發奮)하고, 지금 지구상 제 일등에 가는 강

---

156) 애국성(愛國性): 자기 나라를 사랑하는 성질이다.

국이 되었으니, 그 공이 다 잔의 공이다. 5~6백 년을 전래하면서 프랑스 사람이 남녀 없이 잔의 거룩한 공업(功業)을 기념하며 흠앙(欽仰)하는 것이 어찌 그렇지 아니하리오?

슬프다! 우리나라도 잔 다르크와 같은 영웅호걸과 애국 충의의 여자가 혹 있는가?

애국부인전
: 백년전쟁에서 프랑스를 구한 잔 다르크의 전기

장경남

1.

『애국부인전』은 영국과 프랑스의 백년전쟁(1337~1453년)에 만 19세의 나이로 오를레앙(Orléans) 전투(1429년)에 참전했던 프랑스 여성인 잔 다르크(Jeanne d'Arc, 1412~1431)의 전기이다.

잔 다르크는 백년전쟁이 진행 중이던 1412년 프랑스 북동부 지방 동레미(Domrémy)에서 농부의 딸로 태어났다. 프랑스를 구하라는 천사의 계시를 받았다며 1429년 샤를 7세를 찾아가 신뢰를 얻고 백년전쟁에 참전하였다. 이후 오를레앙 포위전을 비롯한 여러 전투에서 용감하게 앞장서서 병사들의 사기를 북돋아 프랑스군의 승리를 이끌었고, 이로써 샤를 7세는 랭스 대성당에서 프랑스 국왕으로서의 대관식을 치를 수 있게 되었다. 하지만 잔 다르크는 1430년 5월경 부르고뉴 군대에 사로잡힌 후 잉글랜드에 넘겨졌다. 잉글랜

드는 종교 재판을 통하여 잔 다르크에게 반역과 이단 혐의를 씌운 후에 화형에 처하였다. 당시 그녀의 나이는 20세(만 19세)였다.

장지연(張志淵, 1864~1921)은 1907년에 이 여성의 전기를 '신소설 애국부인전'이라는 이름으로 광학서포에서 발행하였다. 외국 영웅을 소재로 한 당시의 많은 역사전기물들이 그렇듯이 『애국부인전』도 외국 작품을 번역했을 것이라는 견해가 있고, 그 원전을 모색하는 연구도 있었다. 원전 모색에서 대상이 된 작품은 독일 극작가 쉴러(Schiller, 1759~1805)의 『오를레앙의 처녀』(Die Jungfrau von Orleans)이다. 그러나 『오를레앙의 처녀』는 『애국부인전』과 역사적 인물과 사건을 공유했다는 점만이 공통될 뿐 내용이 많이 다른 작품이다. 오히려 『애국부인전』에는 『오를레앙의 처녀』나 일본의 잔 다르크 관련 전기, 또는 여타 기록물에서는 찾아볼 수 없는 연설 장면이 있고, 또 전래의 영웅군담소설에서 주인공이 전장에 나서는 군담 등과 유사한 장면이 있어 독특한 면모를 보이고 있다. 당시 많은 한국의 번역물들이 서양 작품을 번역한 일본이나 중국 작품의 중역이었다는 점을 고려하면 관련 작품을 중국이나 일본에서 찾아보아야 한다는 문제 제기가 있었는데, 최근 연구에서 중국의 작품이라고 밝혀졌다.

서여명(徐黎明, 중국 남경대)은 구두발표 논문(「여성영웅의 등장과 국민 만들기: 번역으로서의 신소설 『애국부인전』」, 숭실대 HK+사업단 발표, 2022.12.28.)에서 "『애국부인전』의 저본이 열성애국인(熱誠愛國人)이 편역한 '위인소설(偉人小說)' 『여자구국미담(女子救國美談)』이라는 결론을 어렵지 않게 얻을 수 있다. 광서(光緒) 28년(1902년)

7월 중국 상해 광지서국(廣智書局) 인쇄, 신민사(新民社)에서 발행한 『여자구국미담』은 총 7회, 32페이지로 구성된 미완작(未完作)이다"라고 하면서 장지연의 『애국부인전』의 원작은 『여자구국미담』임을 밝혔다.(본 책에 수록된 『여자구국미담』 영인본 참조)

『여자구국미담』은 7회 회장체로 이루어진 미완의 작품인데, 정덕(貞德, 잔 다르크)이 프랑스 국민들 앞에서 연설하는 장면이 끝난 후 정덕의 위대함을 찬탄하면서 중국의 불쌍한 현실에 슬프고 분하다는 토로로 끝난다. 이에 비해 장지연의 『애국부인전』은 『여자구국미담』 외에도 다른 자료를 참조해서 내용을 10회로 확충하여 이야기를 완성했다. 즉 2회에서는 프랑스와 영국 간에 있었던 백년전쟁의 역사적 배경을 간략히 정리하였고, 8, 9, 10회에서 잔 다르크가 오를레앙 전투에서 영국군을 격파하고, 샤를 7세가 대관식을 거행한 후에 파리성 전투에서 영국군에게 잡혀서 영국인의 속임수로 유죄 판결을 받고 화형을 당하는 장면 등을 추가하였다. 장지연은 번역과정에서 수정·삭제·첨가 등의 방법을 통해 원본을 주체적으로 번역한 것으로 보인다. 특히 미완작인 원본을 완성했을 뿐만 아니라 원문에서 모호하게 처리하거나 산만해 보이는 부분까지 수정하고 보완함으로써 잔 다르크의 전기를 완성한 것이다.

『여자구국미담』의 작자 열성애국인의 본명은 펑쯔요우(馮自由, 1882~1958)이다. 그는 일본 요코하마의 화교 집안에서 출생하여 아버지 펑징루(馮鏡如, ?~1913)가 창설한 요코하마 대동학교(大同學校)와 량치차오(梁啓超)가 교장으로 있는 동경대동학교를 다니다가 캉유웨이(康有爲)를 비롯한 보황파(保皇派)들이 민주 자유를 금기시하는 보수적 성향에 불만을 느껴 1900년에 원래 이름 무룡(懋龍)을 자유(自由)로 고쳐 동경전문학교(와세다대) 정치과에 입학했다. 같은 해『서사건국지』의 저자 정쩌(鄭哲, 1880~1906) 등과 함께 반월간 『개지록(開智錄)』을 창간하여 자유평등 사상을 고취했다. 1901년에 광동독립협회 발기에 관여했고, 쑨원(孫文)의 혁명 강령을 홍보하는 데 힘썼다. 그 후 펑쯔요우는 중화혁명당이 중국국민당으로의 변신에 적극적으로 관여했고, 1924년 이후 쑨원이 주도하는 제1차 국공합작(國共合作)에는 강렬하게 반대하는 입장을 견지했으며, 이로 인해 국민당에서 제적까지 당했다. 쑨원 사망 후 펑쯔요우는 장제스(蔣介石)를 적극적으로 지지하면서 국민당 원로로서『중화민국혁명사』의 집필에 몰두했다. 1928년에 신신(新新)백화점 사장을, 1932년에는 국민당남경정부 입법위원을, 1943년에는 국민정부위원을, 1951년부터는 대만 국민당정부 국책고문 등을 역임했다가 1958년에 중풍으로 타계했다.

외국 영웅 전기를 번역하여 출판하는 것은 당시 대중 계몽을 위한 애국계몽운동의 일환으로 기획되고 있었다. 애국계몽운동에 앞장섰던 대표적인 개신유학자 박은식(朴殷植), 신채호(申采浩)와 함께 장지연 역시 이러한 생각을 가지고 있었던 인물이다. 장지연은 국가를 부강하게 할 방법으로 '신서(新書)' 번역을 통한 대중교육을 강조한 바 있다.

장지연은 경상북도 상주 출신으로 호는 위암(韋菴)이다. 「시일야방성대곡(是日也放聲大哭)」이란 논설로 유명한 근대 전환기의 언론인이다. 1894년(고종 31)에 진사가 되고 이듬해 을미사변 때 명성황

후가 시해되자 의병 궐기의 격문을 발표하고, 1897년에 고종이 아관파천을 했을 때 왕의 환궁을 요청하는 만인소(萬人疏)를 기초하는 등 전통적인 유학자의 행동을 취하기도 했다. 이후 1899년에 '만민공동회'의 결성에 참여하였고,《시사총보》의 주필,《황성신문》주필 · 발행인, 광문사라는 출판사 설립 등 근대적 언론 활동에도 적극적으로 나섰다. 1905년 11월 20일자《황성신문》에「시일야방성대곡」이라는 논설을 써서 고초를 겪었고, 1908~1909년 중국 · 러시아 등지에서 활동하다 귀국한 후에도 다시 체포되는 등 애국운동에 뚜렷한 자취를 남겼다. 1910년대에는 총독부 기관지《매일신보》에 초빙되어 주로 한학(漢學) 관련 다수의 글을 기고한 바 있다. 동시에 수많은 저술을 남기기도 했다.『유교연원』,『대한최근사』,『대동기년』,『대한신지지』,『대한강역고』,『대동문수』,『일사유사』등과 역사 전기『애급근세사』,『애국부인전』을 저술했고, 신채호가 역술한『이태리건국삼걸전』의 교열과 서문을 쓰는 등 문학적 활동도 일정 부분 담당했다.

이 가운데 외국 영웅 전기의 번역 작업은 애국계몽운동 중 대중 교육 사업의 일환으로 진행되었다. 특히『애국부인전』을 여성 독자들이 읽기 쉽도록 순국문으로 표기한 점은 그의 또 다른 저작인『여자독본』과 함께 당시 여성 독자들을 위한 교과서 역할을 한 것으로 평가 받고 있다. 이 시기의 대부분의 역사 전기물 번역이 순한문 또는 국한문체를 통해 당대 지식인들과 소통하고자 한 것과는 달리『애국부인전』은 순국문으로 표기하여 여성을 그 주된 독자로 상정했음을 알 수 있다.

2.

『애국부인전』의 표지는 붉은색과 푸른색의 문자를 흥미롭게 대
비시켜 디자인한 점도 특징적이다. '新小說愛國婦人傳全'이란 한
자와 '대한황성광학셔포발힝'이란 한글이 좌우 세로에 푸른색으로
인쇄되어 있는 가운데 복판에 '익국부인젼'이란 붉은 글씨가 선명
하다. 위에는 붉은색 가로 글씨로 '신쇼셜'이라 표기해 신소설임을
강조하고 있다.

속표지에는 잔 다르크 전신화가 푸른색으로 인쇄되어 있는데,
왼손에 'VIVE LA FRANCE'(프랑스 만세)를 적은 깃발을, 오른손에
는 검을 들고 있지만 차림새는 드레스에 깃털 모자까지 갖춰 쓴
귀부인 복장이다. 두 번째 속표지에는 잔 다르크가 주도하는 대중
집회 그림이 있다. 그림 상단에는 'Sacrifez la vie à la patrie!'(조
국을 위해 삶을 희생하라!)라는 구호가 쓰여 있다.

판권지에는 저작자가 장지연의 별호였던 숭양산인(嵩陽山人)으
로, 발매소는 김상만서포, 인쇄소는 일한도서인쇄주식회사로 되어
있다. 또 인쇄일은 '융희원년구월이십오일'이고, 발행일은 '융희원
년십월삼일'이다.

본문은 순국문 표기에 띄어쓰기를 하였으며, 분량은 총 39면이
다. 본문의 내용 구성은 총 10회로 하고 있다. 고소설의 장회(章回)
형식을 취한 것인데, 장회별 제목은 없다.(중국어 원전에는 장회 제목
이 있다.) 전 10회의 내용을 간략하게 정리하면 다음과 같다.

제1회. 프랑스 오를레앙 지방 동레미라는 농촌 마을에서 총명한
여자 아이 잔다르크가 태어났다. 잔은 양치기를 하는 중에 구국의

영웅을 기원하여 천신으로부터 신탁을 받고는 그로 인해 문무를 닦는다.

제2회. 영국과 프랑스 사이의 백년전쟁이 일어나고, 1338년 이후 1428년 오를레앙 포위까지의 전쟁이 진행되는 중에 프랑스가 패전을 한다.

제3회. 잔의 나이 17세에 부모의 만류에도 불구하고 구국의 장도에 오른다.

제4회. 잔은 오를레앙을 지키는 장군을 면담하고 소수의 군사를 얻어 프랑스왕 샤를 7세의 거점인 시농을 향해 간다.

제5회. 샤를 7세를 면담하여 국왕으로부터 구국의 명을 받아 '대프랑스 대원수 여장군 잔 다르크'가 되어 출전한다.

제6회. 잔이 각 지방에 격문을 보내어 충의가 진중과 민간에 널리 퍼져 애국 사상이 고취되고, 영국군에게까지 알려진다.

제7회. 잔이 군사 앞에서 연설을 하여 애국심을 고취시키자 군사의 사기가 올라간다.

제8회. 잔의 연설로 군대의 사기가 높아지고 지원자가 들끓는가 하면 백성들의 물자 지원이 늘어난다. 영국군의 포위로 함몰 직전에 있던 오를레앙을 탈환한다.

제9회. 영국군을 대파하고 프랑스 국왕 샤를 7세의 대관식을 거행한 후에 잔은 고향으로 돌아가기를 청하였으나 왕이 파리를 회복해 달라고 간청해 다시 전장에 나간다.

제10회. 파리성 접전에서 부르고뉴파에게 잡혀 영국군에 넘겨져 재판을 받았으나 당당하게 대적한다. 하지만 혹세무민의 사도를 행한 죄로 루앙에서 1431년 9월에 화형을 당한다.

이렇게 잔 다르크의 생애를 출생에서 죽음에 이르기까지 시간 순서로 기록한 것이 주요 내용이다. 잘 알려져 있는 대로 잔 다르크는 15세기 영국과 프랑스가 맞섰던 백년전쟁 종반부에 프랑스를 구한 인물이며, 여성으로서 전장에서 활약하다 불과 19세에 화형 당한 극적인 생애로 대중의 사랑을 받아 왔고, 또한 문학·예술 작품의 소재로 즐겨 쓰였다.

3.

『애국부인전』은 구성 형식면에서 장회체를 차용하고 있는 점 외에도, 제1회가 "화설 오백여년 전에 구라파주 법란서국 아리안성 지방에 한 마을이 있으니"로 시작하는 등의 장면 서술 또한 고소설의 서술 형식이다. 그리고 고소설에서 장면이 전환될 때 쓰이는 상투어인 '화설', '차설', '각설' 등을 쓰는 점이나, '~라', '~더라', '~로다', '~거늘', '~가로되' 등 고소설 투의 어미를 즐겨 쓰는 점도 고소설적 요소이다.

잔 다르크의 서사 전개는 영웅군담소설의 서사 유형과 많이 닮아 있다. 잔 다르크가 나라를 구하라는 신의 계시를 받고 스스로 말을 달리고 총과 활을 쏘는 연습을 하는 장면, 국가의 전란을 맞아 자원 출전하는 장면에서 왕을 알현하고 왕으로부터 대원수의 호칭을 받는 장면, 오를레앙 전투에서 영국군을 물리치고 오를레앙 성을 회복하는 장면처럼 주인공 혼자서 적진을 누비며 수많은 적군을 무찌르는 장면 등은 영웅군담소설에서 익숙하게 보아왔던 장면이다. 역자는 잔 다르크의 전기를 번역하는 과정에서 번역물을 전체적으로 소설답게 만들려고 했던 것으로 보인다. 이때 군담화소와 같은 흥미 있는 요소를 많이 활용함으로써 대중성을 높이려 한 것이다. 외국 영웅 전기를 번역하여 소개함으로써 애국계몽 정신을 고취하는데 있어서 대중적 인기는 중요했던 것이다.

『애국부인전』은 대중성에 못지않게 계몽성 또한 강조되고 있다. 이를 반영한 것이 잔 다르크의 대중 연설 장면이다. 제7회의 내용은 잔 다르크가 전국 각지의 백성을 모아서 일장 연설을 함으로써 애국심을 고취한다는 것이다. 이 연설은 제7회를 거의 다 차지하는데, 작품 전체 분량의 10분의 1에 해당될 만큼 비중이 있는 장면이다. 연설의 요지는 국민이 국가를 위해 외적과 싸워야 한다는 것으로, 그 용어나 내용이 작품이 나온 1907년 조선의 상황과 맞닿아 있다. 잔 다르크의 연설은 15세기의 프랑스 인물 잔 다르크의 것이라기보다 20세기 초반을 살아가고 있는 역자 자신의 것이다. 역자는 자신의 주장을 직접적으로 강하게 전달하며 계몽성을 극대화할 필요성을 느꼈던 것으로 보인다. 이에 제7회를 연설로 구성한 것이다. 제7회의 연설은 역자가 전하고자 하는 메시지를 가장 잘 담은 것으로 작품의 핵심인 셈이다.

이와 아울러 역자의 의도가 잘 드러난 부분은 매회 마지막을 장식한 논평이다. 매회 마지막에 실려 있는 논평은 중국어 원전을 번역한 것이다. "오늘 문무의 재주를 배움은 정히 다른 때 국민의 난을 구제하고자 함이로다."(제1회), "정히 이 장군은 한갓 성 지킬 꾀만 있거늘, 여자는 다만 온 나라를 다 구할 공을 이루고자 하도 다."(제4회), "정히 원용은 본시 나라를 평안히 할 뜻이 간절하고, 제장은 깊이 나라를 사랑하는 마음이 가득하도다."(제5회), "정히 이 창자에 가득한 더운 피가 눈물을 이루거늘, 한 폭 산하를 차마 남에게 붙이랴?"(제6회), "정히 이 일개 여자가 애국성을 고동하니, 백만 무리가 적국을 물리칠 기운을 떨치도다."(제7회) 등 애국의 정 조로 일관되어 있다. 원저자와 역자의 의도는 매회 이렇게 갈무리 되고 있는데, 다분히 계몽적인 표현이다.

잔 다르크가 영국군의 포로가 된 후 마녀라는 혐의로 화형당하 기까지를 다룬 마지막 제10회 이후에는 이례적으로 긴 논평이 붙어 있는데, 그 대의는 '애국성'과 '충의'이다. 그리고 끝말로 "슬프다! 우리나라도 잔 다르크와 같은 영웅호걸과 애국 충의의 여자가 혹 있는가?"로 마무리 하고 있다. 잔 다르크와 같은 영웅호걸과 애국 충의의 '여자'를 호출한 점이 주목된다.

이 작품이 '잔 다르크전'이 아니라 '애국부인전'을 표방하고 있 는 것은 당시 여성에 대한 국민으로서의 인식을 담고 있는 것이라 고도 할 수 있다. 즉 '애국'과 '부인'을 결합시킴으로써 '국민으로서 의 여성'을 자연스럽게 드러냈다. 『애국부인전』은 제목에서부터 이미 국가와 여성의 관련성 문제를 직접적으로 환기하고 있다. 순 국문이라는 문체의 특성과 여성 인물을 주인공으로 내세웠다는 인 물 유형의 특성은 당시 지배적 향유 계층인 여성을 상대로 『애국부 인전』이 기획되었다는 사실을 방증하는 것이다.

하지만 전대 여성영웅소설의 주인공에게 붙여졌던 '영웅'이란 호칭이 가문의 영광과 개인의 출세를 상징하는 것이었던 점에 비해, 애국계몽기 여성 영웅전기의 주인공에게 붙여진 '영웅'은 국가를 위한 영웅을 의미한다는 점에서 비판적으로 바라보아야 할 필요도 있다. 국민을 위한 국민으로서의 '여성 영웅'이 '사회적 주체로서의 여성'으로 존재했는가 하는 문제는 이 작품을 읽으며 곱씹어 보아야할 과제이다.

참고문헌

배정상, 「위암 장지연의 『애국부인전』 연구」, 『현대문학의 연구』 30, 한국문학연구학회, 2006.9.

홍경표, 「위암 장지연의 『애국부인전』에 대하여」, 『향토문화연구』 11, 2008.

박상석, 「『애국부인전』의 연설과 고소설적 요소: 그 면모와 유래」, 『열상고전연구』 27, 열상고전연구회, 2008.6.

서여명, 「여성영웅의 등장과 국민 만들기: 번역으로서의 신소설 『애국부인전』」, 숭실대 HK+사업단 발표, 2022.12.28.

송명진, 「역사·전기소설의 국민 여성, 그 상상된 국민의 실체: 『애국부인전』과 『라란부인전』을 중심으로」, 『한국문학이론과 비평』 46, 한국문학이론과 비평학회, 2010.3.

이국보인젼

⟨1⟩

뎨일회

화셜 오빅여년 젼에 구라파쥬 법란셔국 아리안셩 디방에 한 마을이 잇스니 일홈은 동이미라 그 싸이 궁벽ᄒ여 인가ᄼ 드물고 농ᄉ만 힘쓰는 집쑨이라 그 중에 한 농부가 잇스니 다만 부쳐 두 식구가 일간 쵸옥에 잇서 가셰가 빈한홈으로 양을 쳐서 싱업ᄒ더니 셔력 일쳔ᄉ빅십이년 졍월에 맛춤 한 짤을 나흐니 용모가 단아ᄒ고 텬셩이 춍명ᄒ여 영민홈이 비홀디 업스니 부모가 사랑ᄒ여 일홈을 약안 아아격이라 ᄒ더니 약안이 졈ᄼ 자라매 부모게 효슌ᄒ며 한번 가ᄅ치면 모를 것이 업스며 쏘흔 샹뎨를 미더 셩경을 홍샹 읽으며 학문에 능통ᄒᆞᆫ지라 나이 십삼셰에 이ᄅ어 능히 부모윗[1] 양치는 싱업을 도으니 부모가 이 녀ᄋ의 극히 령리홈을 보고 십분 깃버ᄒ더라 그 동닉 사람들이 약안의 춍민홈을 칭찬안이홀이 업서 특별히 일홈을 졍덕이라 부르며 가ᄅ디 앗갑도다 졍덕이 만약 남ᄌ로 싱겻드면 반둣이 나라를 위ᄒ여

---

[1] '의'의 오탈자로 보임(이하 오탈자 교정 글자만 제시함).

큰 스업을일울것 이어눌 불힝히 녀ᄌ가 되엿다ᄒ매 약안이 이럿툿
이 칭찬홈을 듯고 마음에 불평이 역여 ᄒ는 말이 엇지 남ᄌ만 나라
를 위ᄒ여 스업ᄒ고 녀ᄌ는 능히 나라를 위ᄒ여 스업ᄒ지 못홀가
하눌이 남녀를 내시매 이목구비와 스지빅톄는 다 일반이니 남녀가
평등이여눌 엇지 이ᄀ티 등분이 다를진뎌 녀ᄌ는 무엇ᄒ려 내시리
오 ᄒ니 이런말로만 보아도 약안이 타일에 능히 법국을 회복ᄒ고
일홈이 쳔츄력ᄉ상에 혁ᄾ히 빗날 녀장부가 안일손가 ○각셜 약안
이 하로는 일긔가 몹시 더워 불속 ᄀ튼지라 양을 먹이다가 더위를
피ᄒ랴고 양을 몰고 나무 수풀과 시ᄂ물 가에 비회ᄒ더니 이 째
맛춤 영국 군병이 법국을 침범ᄒ여 향촌으로 다니면셔 불을 노하
인민을 겁략ᄒ고 직물을 탈취ᄒ거눌 약안이 속히 피ᄒ여 수풀사이
로 들어가니 인젹이 고요ᄒ고 다만 엣 졀이 잇거눌 그 졀 가온뎌
숨어서 상뎨게 가만히 빌어 가ᄅ뎌 원컨뎌 신력을 빌어 나라의 환
란을 구원ᄒ고 젹국의 원슈를 갑게ᄒ옵소서 ᄒ며 무수히 츅원ᄒ더
니 이 째 영국 군병은 벌서 가고 촌려가 안졍ᄒ거눌 약온이 그 졀로
나와 길을 찻더니 그 졀뒤에 한화원이 잇는뎌 화류는숏다음을다토
고 쇠고리는 풍경을 히롱ᄒ는지라 약안이 경긔를 사랑ᄒ여 화원즁
에 들어가 이리 저리 구경ᄒ더니 홀연 어디서

〈3〉

약안을 불러 가르티 약안아 네가 넘어한흥을 타 방탕이 놀지 마라
ㅎ거늘 약안이 쌈작 놀라 ㅅ면을 살펴 보아나 사람의 그림ㅈ도 업
는지라 정히 의심ㅎ여 머리를 들어 보니 홀연 공중에 황금 빗이
찬란ㅎ며 치식긔운이 령롱ㅎ티 구름 속에 무수ㅎ 텬신이 공중에
둘러 서고 그중에 세 분 텬신이 서ㅅ 옥관 홍²⁾포로 긔상이 엄슉ㅎ
티 약안을 크게불러 가르티 법국에 장ᄎ 큰 란이 잇슬지라 네가
맛당히 구원ㅎ라 약안이 다시 텬신의 아페 업디어 고ㅎ되 소녀는
본러 촌가녀ㅈ라 엇지ㅎ여야 군ㅅ를 어더 전장에 나아가게되오며
쏘ㅎ 법국의 란이 어느날 평명ㅎ오리가 소녀의 지원이 빅셩을 위ㅎ
여 지앙을 구졔ㅎ고 나라의 원슈를 갑하 쥬권을 회복코자ㅎ오니
바라건티 상뎨게서 일ㅅ히 지시ㅎ여 도아주옵소서 텬신이 이르티
너는 근심치말라 이 다음 ㅈ연 알 날이 잇슬것이니 그 써 되거던
라비로장군의 휘하로 들어가면 조흔 긔회가 싱기리라 ㅎ고 말을
맛치미 별안간에 금광이 얼른ㅎ며 곳 보이지 안이ㅎ는지라 대뎌
법국이 영국과 해마다 싸홈을 쉬지 안이홈으로 궁촌 농부라도 영국
의 원슈됨을 다아는지라 약안이 어려서 부터 부모의 항상 일컷는말
을 듯고 심중으로 쏘ㅎ 나라의 붓그럼을 썻고자ㅎ여 날마다 상뎨게
가만이 축원ㅎ기를 장러 나라를 위ㅎ여 원슈를

---

²⁾ 홍

〈4〉

셜치ᄒ고 빅셩을구졔ᄒ게ᄒ옵소서 ᄒ여 칠팔년을 일심으로 비는
고로 그졍셩이 맷쳐 하늘이 감동ᄒ여 약안의 눈에 텬신이 나타내심
이라 약안이황홀ᄒ여 마음 속에 싱각ᄒ되 이것이 혹 꿈인가 ᄒ더니
그후에도 루츳 텬신이 눈에 완연이 보이고 이 ᄀ티 부탁이 졍녕ᄒ
지라 약안이 싱각ᄒ되 텬신게서 저러케 루〃히 분부ᄒ시니 필연
나라에 큰 란이 잇슬지니 내 맛당히 구ᄒ리라ᄒ고 일로 부터 나라
원슈 갑기를 스스로 칙임 삼아 혹 군긔도 젼습ᄒ며 혹 목장에 나아
가 말도 달리며 총과 활도 배호니 부모는 녀ᄋ의 이러ᄒ 거동을
보고 심히 근심ᄒ며 렴녀ᄒ여 미양 금지ᄒ되 임의 뜻이 구더 암만
권ᄒ여도 듯지 안이홀줄짐작ᄒ고 엇지 홀수업서 그대로 두더라 그
동리 사람은 모도 약안드려 밋친 녀즈라 지목ᄒ되 약안은 츄호도
뜻을 변치 안코 동리 사람 드려 이르되 내 임의 샹뎨의 명을 바닷노
라 ᄒ매 듯는이가 희연이 웃고 이상히알더라

　　오날 문무직죠를 배홈은 졍히다른 째 국민의 란을 구졔코자홈
이로다

뎨이회

차셜 이 째법국과 좁은 바다물 한아를 격ᄒ여 이웃ᄒ 나라는 곳
영국이라 이 두나라가 빅년 이러로 원슈가 되여 날마다 싸홈을 일
삼는

지라 셔력 일쳔삼빅삼십팔년부터 영국 왕 의덕화 데삼셰가 법국왕
비립뎨 륙으로 더불어 격럴셔의 싸홈이 잇고 그 후 일쳔삼빅오십륙
년에 영국 흑 퇴즈가 법국과 파이다에서 크게 싸화 법국왕 샤이
데스 악한을 사로 잡고 기후 스오년에 법국 사이왕 데오가 영국과
싸호다가 패ᄒ여 쌩을 버혀 주고 비상을 물어 준 후에 화친ᄒ엿더
니 이 째 법국은 정부에 두 당파가잇는디 한아는 익만랍당이니 왕
실을 붓들고자ᄒ고 ᄯᅩ 한아는 불이간당이니 영국과 졈통ᄒ여 법국
을 해롭게ᄒ니 이 두 당패가 서로닌란을 이르킴으로 영국현리왕
데오가 이긔회를타 서 법국과 싸화 법병이 대패ᄒ더니 일쳔스빅십
칠년에 ᄯᅩ 영국 왕이 법국을 대패ᄒ고 약됴를 뎡ᄒ되 법국 왕의쌀
가타린으로 영국 현리왕 데오의 왕비를 삼아 법국 왕을 겸ᄒ게ᄒ고
파리셩에 들어가 법국 사이왕 데륙을폐ᄒ고법국을 통할홀새 이 ᄯᅢ
법국 북방의 모든 고을은 다 영국에 북죵ᄒ되 오즉 남방의 졔셩이
영국에 항복지 안코 법국 태즈 사이데칠을세워 영국을 항거ᄒ더니
일쳔스빅이십팔년에 영국이 ᄯᅩ 대병을 이르켜 법국 남방을 소탕코
자ᄒ여 영국 희협디방으로 부터 법국 디경ᄭᅥ지 수빅리를 졍긔가
공즁에 더피고 칼과 창은 일월을 희롱ᄒ는지라 슈류으로 일시에
지쳐 들어 오며 라아로하를 건너 남방

〈6〉

디경을 침범ᄒ나 이 ᄭᅵ 법국의 왕은 남방으로 도망ᄒ고 법국 셔울
파리셩과그 남은 셩은 다 영국의 ᄯᅡᆼ이 된지라 법국이 아모리 루만
졍병을 됴발ᄒ여 영국과 싸호나 군ᄉ의 용밍과 무예의 날닙이 영국
을 당치못ᄒ고 쟝슈도 영국 ᄀᆞ티 지용이겸비한쟈가 업슬ᄲᅳᆫ더러 쏘
ᄒᆫ 법국의 졍부 대관은 다 영국의 지휘를 바듬으로 법국 왕이 남방
에 파쳔ᄒ여 몸을 용납홀 ᄯᅡᆼ이 업스니 이럼으로 법국 병이 싸홀
ᄯᅳᆺ이 업고 각ᄌᆞ도싱ᄒ여 젼국이 거의 영국 령토가 될 디경이요 젼
국 인민은 다 외국의 노예와 개와 도야지 됨을 붓그러은 욕이 되는
줄 모르고 하로라도 구챠이 목숨3) 보젼ᄒᆫ것만 다ᄒᆡᆼ으로 아니 만약
남방만 아니더면 법국의 셩명이 엇지 오날 ᄭᅵ지 젼ᄒ리오 이 ᄯᅢ
오즉 남방의 몃ᄼ 고을이 남아 법국왕을 보호ᄒ니 그 곳에 유명ᄒᆫ
셩 일흠은 아리안셩이라 그셩은 라아로하의 북편에 디경 ᄒ여 남방
인후가 되고 뎨일 험요ᄒᆫ 셩이니 하슈 북편 언덕에 잇 서 남편 언덕
과 중간에 큰다리를 노코 서로ᄒᆼ상 왕리ᄒ는디 그다리 남편은 허다
ᄒᆫ 셩곽과 포디를 싸코 다리를 막아 뎍병을 방비ᄒ니 그 다 리 일흠
은교두보요 그 다리 우에 두낫 셕탑이 잇스니 일흠은 지미로니 북
편으로 부터 탑ᄭᅵ지 이르는디 젼혀 흙과 돌로 싸하 극히 견고ᄒ고
험ᄒ며 쏘 탑

3) 숨

의 남편에 나무 다리를 노하 각쳐에 왕리ᄒ니 교두보와 지미로 두 곳에 엄즁ᄒ 군ᄉ를 두어 뎍병을 방비홈으로 아리안 셩은 이러ᄒ 험요 셩칰을 밋고 죽을 힘을다ᄒ여 직히더니 이 ᄯ 영국 대장 사비리가 아리안셩의 험홈을 보고 한 계칰을 싱각ᄒ되 이 셩은 급히 파홀수 업스니 우리 각쳐 군졸을모 도 모화 힘을 합ᄒ여 몬저 지미로셩을 파홈만ᄀ티 못ᄒ다 ᄒ고 졔장을 불러 일졔히 지미로를 에우고 이 ᄒ 십월이십삼일에 계교를 니여 밤즁에 지미로 셩을 파ᄒ미 그 탑 우에 디포를 걸고 셩 알리에 잇는 인민의 집을 몰수히 쇼화ᄒ며 험ᄒ 곳을 영병이 뎜령ᄒ여 아리안을 치나 셩즁에 잇는 법국 장졸은 죽기로 직히미 아모리 쳐도 셩을 쎄치지 못ᄒ고 영국 대장 ᄉ비리가 활살에 마자 죽는지라 영국이 다시 새가로장군으로 원슈를 삼아 쥬야로 공격ᄒ여 수월을 지내되 파ᄒ지못ᄒ고 장구히 에워 구원을 쯘코 셩즁 장졸이 먹지못ᄒ면 ᄌ연 항복ᄒ리라 ᄒ고 셩 밧게 흙을 싸하 노픈 산을 셩과 ᄀ티 ᄒ고 여섯 곳 돈더 우에 대포를 걸고 날마다 치니 이 ᄯ는 셔력 일쳔ᄉ빅이십구년 졍월이라 아리안 셩 즁에 물 샐 틈이 업게 에워싸고 비됴라도 통치 못ᄒ게ᄒ니 다른 곳 법국 군ᄉ가 와셔 구원코자ᄒ나 엇지 능히 들어오리오 이 ᄯ 아리안 근쳐에

사는 용밍 잇는 장수들이 수쳔명 용수를 뽑아 아리안 셩을 구원코
쟈 ᄒ다가 영국 군병에게 패ᄒᆫ바가 되여 여간 량쵸와 창포등속만
다 뎍국에게 쌔앗기고 아모 효험이 업스니 이른바 계란으로 돌을
짜림이라 엇지 영국의 병졸을 당ᄒ리오 셩즁에 잇는 장졸들이 모도
의긔가 겨상ᄒ고 형셰가 날로 츅ᄒ니 그 곤란ᄒᆫ 졍형을 이루 다
측량ᄒ리오 혹은 말ᄒ되 차라리 일즉 항복ᄒ여 왼 셩즁에 잇는 싱
명이나 구ᄒᆫ는것이 가ᄒ다 ᄒ고 혹은 차라리 죽을지언졍 엇지 참아
항복ᄒ리오 ᄒ되 항복코자ᄒᆫ는편이 만ᄒᆫ지라 그러나 셩즁에 잇는
법국 대장 비호로공작은 원리 셩명이 잇는 사람이라 항복코자ᄒᆫ는
말을 크게 론박홈으로 감히 발셜치 못ᄒ고 죽기로 직히자ᄒ니 슬프
다 이 ᄯ 아리안셩은 도마우에 살뎜이요 가마 안에 고기라 엇지
위티ᄒ지 안이리오 옛적 우리 나라 고구려 시뎌에 당 태종의 빅만
군병을 안시셩 태수 양만춘이 능히 항거ᄒ여 빅여 일을 굿게 직히
다가 맛춤ᄂ당병을 물리치고 평양셩을 보젼ᄒ엿스며 슈양뎨의 빅
만병은 을지문덕의 한 계칙으로 젼군이 함몰케ᄒ엿스며 고려 강감
찬은 슈쳔병으로 걸안 소손녕의 삼십만병을 물리치고 숑경을 보젼
ᄒ엿 스니 아지 못커4)라 법국은 이 ᄯ에 양만츈 을지문덕 강감찬
ᄀᄐᆫ 츙의 영웅이 뉘잇는고

4) 게

정히 이 쳐량훈 빗만 눈에 가득ᄒ거눌 즁류지쥬에 의기인이 뉘 잇는가

뎨삼회

차셜 이 씨 약안에 년이 십칠셰라 화용월티를 규즁에 길러 봉용훈 티도와 션연훈 풍치 진시 경셩경국의 미인이라 이 씨 법국 경셩의 함몰홈과 국왕이 파쳔훈소문이 ᄉ방에 젼파하미 비록 ᄋ동부녀라도 모를이가 업는지라 약안이 쥬야로 챠탄ᄒ여 가ᄅ디 우리나라가 저 모양이 되엿스니 엇지 ᄒ면 조흘고 죵일 토록 집에 안자 나라 회복홀 계교를 싱각ᄒ다가 법국 디도를 내어 노코 ᄌ셰히 살피더니 홀연 들으니 문박게 쳔병만마의 헌5)화ᄒ는 소리 벽력 ᄀ티 진동ᄒ면서 마을 사람의 우는 소리 ᄉ면에 요란ᄒ거눌 약안이 놀라 급히 나아 가 본즉 영국 군병이 긔률업시 ᄉ방에 횡힝ᄒ며 지물을 로략ᄒ고 부녀를 겁간ᄒ며 인명을 살해ᄒ는지라 약안이 그 잔혹훈 참상을 보고더욱 분ᄒ여 심즁에셜치복슈홀 싱각이 더욱 긴졀ᄒ나 엇지 홀수 업서 급히 들어와 략간 의복 집물을 거두어 힝장을 단속ᄒ고 군긔등물을 몸에 가지고 부모를 보호ᄒ여 말게 태우고 후면으로 달아나 요고측이란 마을에 이를어 피란ᄒ더니 수일을 지나미 아리안 셩의 곤급훈 소식이 날로 들리는지라 약안이 발연히 일어나 칼을 어루만지며 가ᄅ디 시졀

5) 훤

이 왓 도다 시졀이 왓도다 내가 나라를 구치못ㅎ고 다시 누구를
기ᄃ릴가 즉시 부모 압헤 나아가 엿ᄌ오디 오날은 녀식이 부친과
모친을 하직ㅎ고 문외에 나아 가 큰 ᄉ업을 세우고자ㅎ오니 혹 요
힝으로 우리 국민 동포의 환란을 구제ㅎ고 우리 나라 독립을 보젼
홀는지 아지못ㅎᄂ니다 부모가 이말을 듯고 대로ㅎ여 말ㅎ되 네가
광풍이 들럿ᄂ냐 네가 閨중에 싱장ᄒ 녀ᄌ로서 엇지 젼장에 나아가
칼과 총을 쓰리오 만약 이 ᄀ티 용이홀것 ᄀ트면 허다ᄒ 남ᄌ들이
벌서 ㅎ엿슬지라 엇지 너 ᄀ튼 ᄋ녀ᄌ에게 맛기리오 우리 지원은
네가 슬하에 잇서 늙은 부모를 밧들고 젼장에 나아 가 공업 일우기
를원치 안이ㅎ노니 만약 불힝ㅎ면 남에게 욕을 당홀ᄲᆫ안이라 우리
집 조선이리로 말은 덕힝을 들업힐것이요 ᄯᅩ한 우리 부쳐가 다른
혈륙이 업고 슬하에 다만 너 한아 ᄲᆫ이어늘 네가 집을 ᄯ나면 늙은
부모를 누가 봉양ㅎ겟 ᄂ냐 너는 효슌ᄒ ᄌ식이 되고 호걸 녀ᄌ가
되지말라 ᄒ디 약안이 눈물을 먹음고 슬피 고ㅎ되 부모님은 둘러
보옵소서 녀ᄋ의 마ᄋᆷ은 벌서 확실이 뎡ㅎ엿ᄉ오니 다만 국가와
동포를 안녕이보젼홀 디경이면 이 몸이 만번 죽어도 한이 업스며
허물며 이일은 한 집안 ᄉ졍이 안이라 빅셩된 공ᄉᆞ한 ᄉ졍이오 니
제 몸은 비록 녀ᄌ오나

〈11〉

엇지 법국의 빅셩이 안이리가 국민된 칙임을 다 ᄒᆞ여야 바야로[6] 국민이라 이를지니 엇지 나라의 란을 당ᄒᆞ여 가만이 안자 보고 구ᄒᆞ지 안이ᄒᆞ리오 녀ᄋᆞ는 오날 날일뎡ᄒᆞᆫ 마음을 돌이키기 어렵스오니 긔어코 가고자ᄒᆞ옵ᄂᆞ이다 부친이 녀ᄋᆞ의 이러ᄒᆞᆫ 츙간열혈이 솟아나는 말을들으믹 주연 감동도 되고 ᄯᅩ한말류ᄒᆞ여도 듯지안이홀 줄 짐작ᄒᆞ고 다시 일너 가르디 너는 녀ᄌᆞ로서 익국ᄒᆞ는 의리를 알거든 남ᄌᆞ 된쟈[7]야 엇지 붓그럽지 안이ᄒᆞ리오 네 아비는 나이 임의 늙어 세상에 쓸디 업스니 너는 마음 대로ᄒᆞ라 ᄒᆞ디 약안이 부친의 허락ᄒᆞ심을 보고 눈물을 거두어 의복과 무긔를 가초아 힝장을 슈습ᄒᆞ고 부모젼에 하즉홀새 두 눈에 구슬 ᄀᆞᆺ튼 눈물을 흘려 엿ᄌᆞ오디 녀ᄋᆞ가 이번 가면 다시 부모님을 뵈올 날이 잇슬는지 모로거니와 부모님게서는 녀ᄋᆞ를 죽은줄로 아르시고 츄호도 싱각지 마시고 다만 신샹을 보젼ᄒᆞ옵소서 부모가 가르디 녀ᄋᆞ야 부모는 넘려말고 압 길을 보즁ᄒᆞ여라 이 날 약안이 부모게 하직ᄒᆞ고 문박게 나와서 도라보지 안코 길을 차자 보고유 디방을 향ᄒᆞ여 포다리고 장군을 차자가니라 약안의 부모는 녀ᄋᆞ를 리별ᄒᆞ고 두줄 눈물이 비오듯ᄒᆞ며 거리에 비켜서々이윽키 바라다가 녀ᄋᆞ의 형영이 보이지 안음을 기드려 방에 들어 와 슬피통곡ᄒᆞ니 그

---

6) 바야흐로
7) 자

〈12〉

정상은 참아 못볼너라

　졍히 이 로인은 다만 집 보젼 홀쯧이 잇거늘 어린 녀ᄌᆞ는 깁히 나라 원슈 갑흘 마음을 품도다

뎨ᄉ회

각셜 아리안 셩은 법국의 명믹과 ᄀᆞ튼 즁요ᄒᆞᆫ 쌍이라 그 셩을 한번 일으면 법국 죵사가 멸망홀쎤 안이라 인민이 다 노례와 우마가 될지라 이 ᄯᅢ 영국 군병은 텰통 ᄀᆞ티 에워 싸고 쥬야로 치니 방포 소리 원근에 진동ᄒᆞ는지라 그 셩 북방에 ᄯᅩ 한 셩이 잇스니 일흠은 보고유 셩이라 법국장군 포다리고가 그 셩을 직히나 슈하에 장슈 업고 군ᄉ가 젹어 아리안 셩의 위급홈을 보아도 능히 구치 못ᄒᆞ고 ᄯᅩᄒᆞᆫ 영국 군병이 본셩을 칠가 두려ᄒᆞ여 속슈무칙 ᄒᆞ고 쥬야 근심 ᄒᆞ더니 하로는 답ᄉᆞᆺᄒᆞ고 민망ᄒᆞ여 셩우에 올나턱을 괴이고 가만이 싱각ᄒᆞ되 우리 법국이 망홀 디경에 이를엇것만 내아모리 츙의심장이 잇스며 용밍슈단이 잇스나 나라를 위ᄒᆞ여 큰 란을 구ᄒᆞ지 못ᄒᆞ니 싱불여ᄉᆞ라ᄒᆞ고 두어 소리 긴 한심으로란간에 비회ᄒᆞ다가 홀연 ᄯᅩ 일어나 크게 소리 질너 가ᄅᆞ디 옛 말에 모진 바람에 굿센 풀을 알고 판탕ᄒᆞᆫ 시졀에 츙신을 안다ᄒᆞᄂᆞ니 못노라 법국이 오날ᄉᆞ에 굿센 풀과츙신이 뉘

잇는가 ᄒ며 경히탄식ᄒᆞᆯ 지음에 우연 바라 보니 엇던 한 부인이
편ᄽ히 오거놀 장군이 싱각ᄒᆞ되 이상ᄒᆞ다 이러ᄒᆞᆫ 란즁에 웬 부녀가
홀로오는고 필연 아리안셩이 파ᄒᆞ여 도망ᄒᆞ여 오는 쟌가ᄒᆞ며 의심
ᄒᆞ더니 그 녀ᄌᆞ가 졈ᄽ 갓가히 오거놀 ᄌᆞ셰히 살피니 얼골이 옥
갓고 의긔가 양ᄽ ᄒᆞ여 비록 의복은 남루ᄒᆞ나 늠ᄽᄒᆞᆫ 위의는 녀장부
의 풍치라 그 녀ᄌᆞ가 즉시 장군의 휘하에 들어 와 졀ᄒᆞ고 엿ᄌᆞ오되
저는 일긔 향촌 녀ᄌᆞ요 일홈은 약안아이격인디 법국의 란을 구원코
자 왓ᄂᆞ이다 장군이 이 말을 듯고 크게 놀라 싱각ᄒᆞ되 반듯이 광병
들린 녀ᄌᆞ로다 내 맛당히 시험ᄒᆞ리라ᄒᆞ고 젼후ᄉᆞ를 낫낫이 힐문ᄒᆞᆫ
디 그녀 엿ᄌᆞ오디 졔가 텬신의 지시ᄒᆞᆷ을 입ᄉᆞ와 법국의 위급ᄒᆞᆷ을
구ᄒᆞ고자ᄒᆞ오니 바라건디 장군은 의심치 마옵소서 장군이 그 ᄒᆡᆼ동
을 살피고 언어 슈작ᄒᆞᆷ을 본즉 단졍ᄒᆞᆫ 녀ᄌᆞ요 광병들인 녀인은 안
이라 그졔야 마옴을 노코 구졔ᄒᆞᆯ 방법을 물은디 약안이 강긔히 디
답 ᄒᆞ되 졔가 수년젼에 텬신의 나타나심을 입ᄉᆞ와 졔게 부탁ᄒᆞ기를
법국에대란이 잇슬것이니 네가 맛당히 구원ᄒᆞᆯ지라 ᄒᆞ심으로 일로
부터 마옴과 뜻을 뎡ᄒᆞ고 무예를 ᄉᆞ습ᄒᆞ옵더니 오날ᄽ 나라이 위급
ᄒᆞ고 빅셩이 노례가 될 디경에 이른고로 죽기를 무릅쓰고 와서 장
군을 뵈옴이요 다른뜻은 업ᄉᆞ오니

바라건디 장군은 굽어 싱각ᄒ시와 일디 병마를 빌려 주시면 제가
비록 지됴와 용략은 업스오나 츙셩을다ᄒ여 아리안셩의 에움을 풀
고 덕군을 소탕ᄒ 후 고국을 회복ᄒ고 저의 ᄯ을 완젼이 ᄒ오면
죽어도 한이 업스오이다ᄒ며 말홀 ᄿ에 쓰거운 피 긔운이 면상에
나타나며 졍신이 발ᄾ ᄒ여 렬스의 풍신이 죡히 사람을 감동케 ᄒ는
지라 장군과 좌우 졔장들이 모도 그 녀ᄌ의 말을 듯고 십분 공경ᄒ
여 자리를 샤양ᄒ여안치고 감히 녀ᄌ로 디졉지 못ᄒ는지라 장군이
드디어 국스를 의론ᄒ며 물어 가ᄅ디 랑ᄌ가 비록 담긔와 지식이만
ᄒ나 원리 목양ᄒ던 농가 츌신이라 한번도 젼장에 경력 업스니 엇
지 능히 영국 군병과 싸호리오 허믈며 영국 군병은 긔ᄾ이 날내고
웅장ᄒ여 우리 나라에서 멋번 디병을 래어 싸호다가 젼군이 함몰ᄒ
엿스니 랑ᄌ가 무슨 계칙이 잇ᄂ뇨 약안이 디답ᄒ되 졔가 무슨 긔
이ᄒ 계교 잇스오리가 다만 텬신의 지휘ᄒ심인즉 ᄌ연 도으심이
잇슬는지도 알수업고 ᄯ호 텬신의 도으심만 미들것 안이라 오죽
일뎜열심만 밋고 우리 국민된 의무를 극진히 ᄒ여 법국 인민됨이
붓그럽지 안케 할ᄯ름이요 셜혹 대스를 일우지 못ᄒ여도 텬명에
맛길것이라 엇지 셩패를 미리 료량ᄒ오며 ᄯ호 용병ᄒ는 법은 원리
긔틀을 ᄶ아 림시변통홀ᄲ이라 미

리 명홀수잇스오리가 장군이 고기를 쯔덕이며 이르되 랑즈의 말슴
이 올토다 우리 나라 빅셩이 낫々이 다 랑즈와 ᄀ티 국민의々리를
알진더 엇지 오날 이디경에 이를엇스리오 그러나 내 슈하에 군병이
얼마 되지안코 쏘흔 이 곳도 중디라 셩을 비고 보낼수업슨죽8) 위션
멧빅명만 줄것이니 랑즈는 영솔ᄒ고 여긔서 수십리만 가면 시룡촌
이라 ᄒ는 동리가 잇는 디 그 동리에 우리 법국 왕 사이 데칠 폐하
게서 그 곳에 쥬 찰ᄒ셧스니 나의 공문을 가지고 가 뵈오면 즈연
군스를 어들도리가 잇슬리라ᄒ고 즉시 셩중에 잇는 군스 일즁더를
뎜금ᄒ여 빌린더 약안이 빅비 치사ᄒ고 공문을 어더 품에 품고 장
군을 하즉흔 후군졸을 영솔ᄒ고 시룡촌을 힝ᄒ여 가니라

　정히 이 장군은 한갓 셩 직힐쾌만 잇거눌 녀즈는 다만 왼나라
다 구홀 공을 일우고자ᄒ도다

데오회

각셜 셔력 일쳔구빅이십구년 스월에 약안이 황금 갑쥬와 빅마 은창
으로 일즁더를 거ᄂ리고 수십리를 힝ᄒ다가시룡촌에 당도ᄒ여 국
왕 젼에 뵈옵기를 쳥흔더 이 씨 법왕 사이 데칠이 벌서 드른즉 엇더
흔 영웅 녀즈가 군스를 일으켜 나라를 구흔다홈으로 십분 깃버ᄒ더
니 이날

8) 즉

⟨16⟩

뵈옵기를 청호매 왕이 그 녀자가 텬신을 칭탁혼다는 말을 듯고 혹 요괴호 슐법으로 세상을 속이는가 의심호여 그 진위를 알고자호여 의복을 버서 다른 신하를 입히고 왕의 상좌에 안처 거줏 왕을 쑤미고 왕은 신하의 복장을 입고 제신의 반렬에 석겨 분변치 못호게 호고 약안을 불러 들인디 약안이 들어오다가 명당 우에 안즌 거줏 왕에게는 가지 안코 곳 제신들 잇는반렬에 들어와 참 국왕을 보고 지비호거놀 왕이 거줏 놀나 는체호여 랑자가 그릇 왓도다 호며 당상을 가르쳐 저 우에 용포 입고 안즈신 국왕폐하게 뵈오라 나는 안이로라 혼디 약안이 업디여 엿자오디 쳔호 녀자가감이 텬신의 명을 밧자와 왓스오니 아모리 폐하게서 의복[9]을변호엿슬지라도 엇지 모를 리치가 잇스오리가 왕이 그계야 약안의 셩명과 거쥬를 무르시고 그 뜻 을 알고자 호거놀 약안이 디답호되 쳔호 녀자는 동이미 농가의 녀자온디 일흠은 약안 아이격이요 나[10]는 십구셰요 어려서 부터 텬신의 명을 바다 법국의 지앙을 구원호며 대왕을 위호여 덕국을 소탕호고 리목 쌍을 회복호고 폐하를 밧들어 가면의례를 힝코자호느이다 호고 인호여 포다리고 장군의 공문을 들인디 왕이 그계야 진심 인줄 알고 약안의 손을 잡고 가르디 법국 사람이 다 랑자 갓트면 엇지 회복호기를

---

9) 복
10) 나이

근심ᄒ리오 ᄒ고 못내 차탄ᄒ시니 원린 법국의 법에 왕이 즉위ᄒ면 반둧이 가면의례를 힝ᄒ되 력딩로 즉위홀 ᄰᄅ마다 리목쌍에서 힝ᄒ더니 이 ᄰᄅ 그 쌍이 영국에게 쌔앗긴바 되어 왕이 가면의례를 힝치 못홈으로 약안이 글로 고홈이라 이에 좌우 졔신이 다 서로 말ᄒ되 상뎨게서 법국을 위ᄒ여 이 녀ᄌ를 보내어 나라를 즁흥케 홈이라ᄒ더라 ○션시에 법국 사이왕 뎨칠이 남방에 파쳔ᄒ여 각쳐 패ᄒᆫ 군ᄉ를 거두니 대략삼쳔여명이라 이날 왕이 그 패병 삼쳔명으로 약안의 휘하에 부티시고 약안을 봉ᄒ여 대원슈 녀장군을 삼으시며 황금 갑쥬와 비단 국긔와 쏘 몸 긔 한아를 주시니 그 몸 긔에는 텬쥬의 화상을 그리어 미양 진즁에 들 ᄯᅢ마다 손에 드ᄂᆫ긔라 약안이 원융의 단에 올라 황금 갑쥬와 빅은포를 입고 우슈에 장검을 들고 좌슈에 몸긔를 잡아 엄연히 대장긔 알에 안자스니 그 긔에 황금 대ᄌ로 대법국 대원슈 녀장군 약안이라 삭여 더라 원슈 비록 안약ᄒᆫ 녀ᄌ의 몸이나 무긔와 융장을 단속ᄒ고 장단에 노피 오르니 그 위엄이 엄슉ᄒ고 풍치가 름ᄼ하여 진시 녀장부의 풍신이 잇ᄂᆫ지라 이날 졔장 군졸을 불러 일졔히 뎜고ᄒ고 무긔를 조련ᄒ니 군ᄉ가 다 원슈의 신통ᄒᆫ 도략을 복죵ᄒ여 용밍이 빅빅나 ᄯᅳᆯ치니 보는 사람 마다 칙ᄼ칭찬안이홀이

업더라

정히원용은 본시 나라를 평안이 할뜻이 간졀ᄒ고 졔쟝은 기피 나라를 사랑ᄒ는 맘이 가득ᄒ도다

데륙회

각설 이 ᄯᅢ 법국은 아즉 즁고 시더라 사람마다 텬신을 슝상ᄒ고 죵교에 침혹ᄒ니 이는 미기ᄒ시더 에례스라 약안의 일홈이 셰샹에 진동ᄒ야 ᄋ동쥬졸이라도 모르는쟈가 업셔 혹은 말ᄒ기를 텬신이 셰샹에나려와 법국을 구ᄒ다ᄒ며 혹은 말ᄒ되 요괴ᄒ마귀가 스슐로 사람을유혹ᄒ다 죵〃 의론이 ᄉ방에 분〃ᄒ지라 원슈가 인심이 이러ᄒᆷ을 알고 불가불 의로 인심을격발ᄒ고 분운ᄒ 론란을 바르게 ᄒ리라ᄒ여 일쟝 격셔를 지어 동구대도에 게시ᄒ고 각디방에 젼파ᄒ니 그 격문에 ᄒ엿스되

슬프다 법국이 불ᄒᆡᆼᄒ여 죵ᄉ가 업더지고 ᄇᆡᆨ셩이 류리ᄒ며 도셩이 함몰ᄒ고 님군이 파쳔ᄒ시니 진실로 우리 나라 ᄇᆡᆨ셩이 외신상담홀 ᄯᅢ라 나는 어려셔 샹데의 명을 밧들고 츙의〃 마음을 품어 감히 의병을 모집ᄒ여 고국을 회복ᄒ고 강ᄒ 덕국의 원슈를 셋으며 동포의 환란을 구원코쟈ᄒ노니 모든 우리 법국의 인민은 다 익국

〈19〉

ᄒᆞ는 의무를 담당ᄒᆞ고 맛당히 도적을 물리칠 정신을 쓸쳐 소문을
듯고 흥긔ᄒᆞ며 격셔를 보고 소리를 응ᄒᆞ여 밋친 물결을 만류ᄒᆞ고
거륵ᄒᆞᆫ 스업 을일울지어다 슬프다 우리 동포여
이 ᄯᅥ 각쳐에서 인민남녀들이 격셔를 보고 ᄋᆡ국의 ᄉᆞ상을 분발ᄒᆞ여
통곡ᄒᆞ는자가 만하 한번 약원슈 보기를 텬신ᄀᆞ티원ᄒᆞ는지라 원슈
가 이 소문을 듯고 심중에 깃거ᄒᆞ여 ᄯᅩ 한 방칙을 싱각ᄒᆞ되 오날ᄼ
인심이 저러 ᄐᆞᆺ이 분발ᄒᆞ니 우리 나라 회복홀 긔틀이 잇슬가ᄒᆞ나
다만 세상사람의 심장을측량치못ᄒᆞ니 인심이 미양 리해셰력에 쏠
려 나라의 욕될줄 모르고 뎍국에 항복ᄒᆞ며 부티는자가 만ᄒᆞ니 내
맛당히 오날 군ᄉᆞ위엄이 쓸치고 날낸 긔운이 셩홀 시긔를 타서 한
밧탕 연셜로 인심도 고동ᄒᆞ고 군ᄉᆞ의 츙의도 격발케ᄒᆞ며 일변으로
는 국민된자로ᄒᆞ여곰 렴치를 알고 외인의 로례됨을 부그런줄 알게
ᄒᆞ며 ᄯᅩ한 뎍국으로ᄒᆞ여곰 우리 법국도 인물이 잇서 남이 개와 돗
ᄀᆞ티 보지안케ᄒᆞ리라ᄒᆞ고 즉시 군졍관을 불러 각쳐에 게방ᄒᆞ고 글
을 나려 ᄉᆞ방에 통지ᄒᆞ되 금년 오월초길에 시룡촌들박게 나아 가
일장 연셜회를 열터이라ᄒᆞᆫ디 이 군령이 한번 나리매 소문이 젼파ᄒᆞ
여 각 도 각 군에서 무론 남녀로쇼ᄒᆞ고 셩군결디ᄒᆞ여 약원슈의 연
셜을 듯고자ᄒᆞ는지라 이 ᄯᅥ 영국

11) 룩

에 항복한 법국 장관이며 각 디방 관찰ᄉ와 군슈와 일반관원들을
다 전과 ᄀ티 그대로두고 한아도 고치지안이홈으로영국의 명령을
바다 정탐노릇ᄒ더니 호련 비상호 녀장군이 나서 허다긔묘호 일과
신통호슐법이 잇다ᄒ매 모도 위원 한아식 비밀이 파송ᄒ여 그 거동
을 살피는지라 ᄯ 영국 군즁에서도 별서 약원슈의 이ᄀ티 신긔호
소문을 들엇슬터이나 다만 아리안 셩이 굿게 직혀 속히 ᄲᅢ앗지못홈
으로 각쳐에 잇는 군ᄉ를 일제히 모아 ᄼ리안을 합력공격ᄒ는지라
그럼이로다른디 겨를이업스며 ᄯ호 약원슈는 일긔 유약호 녀ᄌ라
조곰도 유의치안이홈으로 원수의 힝동을 ᄌ유로 두어 방비치 안이
호 ᄊ닭에 약원수는 그 긔틀을 어더 필경 대 공을 일움이라 엇지
하늘이라안이ᄒ리오

정히 이 창ᄌ에 가득호 더은[12] 피가 눈물을 일우거늘 한폭산하
를 참아 남에게 부티랴

뎨칠회

차셜 이 ᄯᅥ 연셜홀 긔한이 이르매 약원슈가 군ᄉ를 불러 연셜장에
나아 가 포치를 정졔히ᄒ고 식장을 슈축ᄒ니 그 연셜장은 십붓[13]광
활ᄒ여 가히 수십만명을 용납홀만ᄒ고 ᄯᅩ한 연셜터는 그중간에 잇
는디 텬

---

12) 운
13) 분

싱으로 된 조고마호 돈디라 돈더 우에는 나무 수풀이 잇서 푸른가
지는 하늘을 더폇고 무르 녹은 그늘은 일광을 가렷는지라 ᄉ방에서
관망ᄒ기도 조흐며 ᄯ한 이 ᄯ는 오월 텬긔라 졍히 노는 사람에
합당홈으로 방텽ᄒ는 남녀로쇼가 원근을 불게ᄒ고 인산인해를 일
우어 십14)히 초장에 사람 셩을 둘렷는지라 이 날 상오 십졈죵에
이르매 원슈가 연셜디에 오르니 남녀인민의 분잡홈과 헌15)화ᄒ는
소리 졍히 번괄홀지음에 홀연 방포 일셩에 여러 귀를 ᄢ어 장즁이
졍슉혼디 국긔를노피 달고 일긔 미인이 계16)화관을 쓰고 몸에 빗금
포를 입고 손에 몸긔를 두르며 붉은 라상은 ᄯᆞ에 ᄭᅳᆯ리고 비단 요더
는 남풍에 표불ᄒ니 완연이 보름달 빗과 구술광치ᄀ티 찬란ᄒ게
연셜장즁으로 쏘여오매 원 장즁 수십만 사람의 두 눈빗을 모도 모
아서 한 사람의 몸덩이 우에 믈대듯ᄒ며 모다 ᄒ는말이 저 녀장군
이 참 젼일 소문과ᄀ티 신긔ᄒ고 이 상호 녀ᄌ로다 평일에 ᄭᅩᆺ다온
일홈을 여러번 익히듯고 한번 보기 소원 일너니 오날이야 그 아름
다온 용모를 보매 참 텬상의사람이라 셰상에 엇지 져러혼 인물이
ᄯ 잇스리오 우리가 ᄌ고17) 연히 공경홀 마음이 싱기도다 ᄒ며 일
졔히 장즁이 졍슉ᄒ고 텬상 귀를 기우려 연셜 듯기를 밧바ᄒ더니
이 ᄯ 원슈가 몸긔를 두르며 한졈

14) 십
15) 훤
16) 계
17) ᄌ

〈22〉

잉도갓튼 입술을 열고 삼촌련 곳갓 튼 혜를 흔들어 두 줄기 옥을째
치는 소리로 공중을 향흐여 창자에 가득흔 렬심흐는 피을 토흐니
그연셜에 가르디

우리 볍국의 동포 국민된 유지흐신 졔군들은 조곰 싱각흐여
보시오 우리 나라가 엇더케 위틱흐고 쇠약흔 디경이며 오날ᄼ
무슨 토디가 잇서 법국의 쌍이라 흐겟소 북방 모든 고을은 임
의 다 영국의 째앗긴바 안이요 남방에 잇는 고을은 다만 한낫
아리안 셩을 의지흐지 안이흐엿소 이 한 셩도 불구에 함몰홀
디경에 이르엇스니 만일 이 셩 곳 일흐면 법국의 종ᄉ가 젼슈히
멸망흐는 날이 안이요 쏘흔 우리 국민이 모도 남의 노례와 우마
가 되는날이 안이요 다 아르시오 대뎌 텬하 만고에 가장 쳔흐고
붓그럽고 욕되는 것이 남의 노례가 이 안이요 국가가 한번 망흐
면 인민이 다 노례[18]가 될것이요 한번 노례가 될디경이면일평
싱을 남에게 구박과 압졔를 입어 영히 하눌ᄼ을 볼 날이 업지
안소 심지어 직물과산업도 필경 남에게 쌔앗긴바가 될것이요
조션에 분묘도 남에게 파냄이 될것이요 나의 쳐ᄌ도 남에게
음욕을 당홀것이니 익급나라를 보앗소 옛날에 유태국 사람을
엇더케 참혹히 디졉흐엿소이

18) 례

98 애국부인전

것이 다 우리의 거울 홀¹⁹⁾것안이요 저러흔 ᄉ졍이 다 유태국 ᄉ

긔에 ᄌ셰히 잇지안이ᄒ오 우리 나라도 비록 이 디경이 되엿스나

여러 동포가 동심 협력ᄒ여 발분진긔ᄒ면 오히려 일믹 싱긔가

잇겟거눌 만일 인민이 다 노례가 되고 토디가 다 졈탈홀씨를 기

ᄃ려그졔 야 회복을 도모코자ᄒ면 그 씨는 후회ᄒ들 홀수업슬지

라 그런고로 내가 오날〃 요긴흔 문뎨 한아가 잇서 여러분에게

질문코자ᄒ노니 여러분들은 독립 ᄌ유의 인민이 되기를 원ᄒᄂ

뇨 그러치안으면 쳔ᄒ고 렴의업는 남의 노례가 되고자ᄒ는가

이 말에 이르러서는 왼 장즁이 모도 긔〃ᄒ면서 머리 털이 하눌을

가ᄅ치고 눈 빗이 횃불ᄀ트며 다 소릭를 질러ᄀᄅ더 결단코 안이ᄒ

겟소 결단코 안이ᄒ겟소 우리들이 엇지 외인의 노례를 지으리오

차라리 함게 죽을지언졍 노례는 안이되겟소ᄒ는 소릭 만장일치로

ᄻ드는지라 약원수가 인심이 저러톳이 감동되여 모도 열셩이 솟아

남을 보고 상을 크게 치며 소릭를 질러 다시 연셜ᄒ되

동포졔군게서 임의 노례되는 것이 붓그러은 욕 되는줄 알으시

니 이러톳 조흔일이 업ᄂ이다 그러나 다만 붓그러은 욕 되는쥴

로 알기만ᄒ고 셜치홀 싱각이 업스면 모르는 사람과 일반이

안이요 대

---

19) 일

범 셰계샹에 엇던 나라사람이던지 진실로 인민된 칙임을 다 ᄒ여야 당연ᄒ 의무가 안이요 그러ᄒ고로 나라의 원슈와 붓그럼이잇스면 이는 곳 왼 나라 빅셩의 원수요 붓그럼이안이겟소 쏘ᄒ 왼 나라 사람의 함게 보복홀일이 안이오 이럼으로 유명ᄒ 졍치가의 말이 모든 국민된쟈는 사람々々이 모도 군ㅅ될의무가 잇다ᄒ니 그 말이 웬말이요 사람이 싱겨 국민이 되면 사람마다 쥬권에 복죵ᄒ며 사람마다 군ㅅ가 되여 나라를 갑는 것이 당연치 안이ᄒ오 이것은 ᄌ긔의 몸과 힘으로 ᄌ긔의 싱명과 지산을 보호홈과 일반이오그런고로 나라의 붓그럼과 욕을 씻는것은 곳 ᄌ긔 일신의 붓그럼과 욕을 씻는것과 일반이요 이것은 우리 국민된 쟈가 사람々々이 다 맛당히 알 도리가 안이겟소 쏘한 오날々 이러ᄒ 시국을 당ᄒ여 엇더ᄒ 영웅호걸 에게 이러ᄒ 칙임을 맛겨두고 우리는 일신을 편이 잇기만 싱각ᄒ고 마음이 재가되며 뜻이 식어 슬피 탄식만ᄒ고 나라의 위티ᄒ고 망ᄒ는것만 한탄ᄒᆫ들 무엇에 유익ᄒ며 무슨 란을 구ᄒ겟소 쏘한 그러치안코 보면 엇던 사람은 렴치를 일코 욕을참으며 붓그럼을 무릅쓰고 덕국에게 황[20]복ᄒ여 외인의개와도야지됨을 달게역이니 이러ᄒ통분ᄒ일이 쏘잇소 대뎌 나라의 홍

20) 항

망은 ᄉᆞ셰의 셩패의 달리지안코 다만 인민긔운의 강약에 달렷
ᄂᆞ니 청컨디 고금력ᄉᆞ의 긔록ᄒᆞᆫ ᄉᆞ젹을 보시오 한번 멸망ᄒᆞᆫ
나라는 쳔빅년을 지내도록 그 빅셩이 능히 다시 회복ᄒᆞ고 셜치
ᄒᆞᆫ날이 잇ᄂᆞᆫ잇가 이런 증거가 쇼연치안소 그런고로 오날〃 우
리들이 동심동력ᄒᆞ여 열심을 분발ᄒᆞ면 엇지 붓그럼을 씨슬 날
이 업겟소 나라 위엄을 쓸치고 나라 원수를 갑는것이 우리들의
열심에달렷소 졔군〃〃이여 임의 나의 알의에 굴복지 안이홀
쯧이 잇슬진디 반ᄃᆞ시 일을 ᄒᆞ여보아야 참 굴복지 안이ᄒᆞ는것
이 안이오 제군들은 싱각ᄒᆞ오 우리 나라가 이 디경되어 위틱홈
이 죠셕에 잇스니 만약 아리안 셩을 한번 일흐면 우리 나라는
결단코 보젼치못홀지라 그 ᄯᅢ가 되면 졔군의 부모 쳐ᄌᆞ가 반ᄃᆞ
시 남의 릉욕을 당홀것이요 졔군의 지산 분묘가 반ᄃᆞ시 남에게
탈취ᄒᆞᆫ바가 될것이니 그 ᄯᅢ에 이르러셔 남의게 우마와노례가
안이되고자ᄒᆞ여도홀수업스리다 상담에 이르기를 눈업는 사람
이 눈업는말을 타고 밤중에 기푼 못에 다닷는다ᄒᆞ니 만일 ᄒᆞᆫ번
실죡ᄒᆞ면 목숨이 간곳 업슬지라 졍히 오날〃 우리를 위ᄒᆞ여
ᄒᆞ는말안인가 만약 급속히 일심으로 ᄌᆞ긔의 싱명을 노코 뎍국
과 항거치 안이ᄒᆞ면 이 수치를어늬 ᄯᅢ에 씻으리

〈26〉

가 어서 々々 쳔사람이 일심ᄒ고만사람이 동셩ᄒ여 사람마다 죽을 뜻을 두어 가마를 씨치고 배를 잠가서 한번 분발ᄒ면 영국 이 비록 하늘 ᄀ든[21] 용략이 잇드래도 우리 나라이 엇지 뎍국에 게 압복홀 바가되리오 제군 々々이여 만약 살기를 탐ᄒ고 죽기 를 겁내여 나라 망홀 ᄢ에 당도ᄒ면 남의 학ᄃᄌ심ᄒ여 살기에 괴로움[22]이 돌로여 죽어 모르는것만 못홀지니 나는 본리 궁항 벽촌에 일기 외롭고잔약혼 녀ᄌ로서 지됴와 학식도 업스나 다 만 나라의 위티홈을 통분히역여 국민된 한 분ᄌ의 의무를 다ᄒ 고자홈이요 참아 우리 국민이 남의 우마와 노례됨을 볼수 업서 이ᄀ티군즁에 몸을 던졋ᄂ니 다힝히 라비로 장군의 은덕으로 나의 고심혈[23]셩을 살피시고 날로ᄒ여곰 군ᄉ의 참예케ᄒ시 니 오날々 제군으로 더불어 이 ᄢ에서 서로 보매 나는 결단코 밍셰ᄒ기를 몸으로 나라일에 죽어 우리 국민을 보젼코자ᄒ노 니 졔군々々이여 임의 이국심이 잇슬진디 과연 엇지ᄒ면 조흘 고 긔묘혼 방칙으로 가ᄅ침을 바라고 바라노라

약원수가 연셜을 맛치지못ᄒ여 두 눈에서 눈물이 비오듯 흐르면서 일장방셩 통곡혼디 여러 방텽ᄒ던 사람들이 모도감동ᄒ여 이통ᄒ 며 덥은

21) 튼
22) 움
23) 혈

피가 등〃ᄒ여 챠탄홈을 말지 안이ᄒ여 가르디 원수는 불과 일기
연약ᄒᆫ 녀ᄌ로서 져러ᄒᆫ 익국열심이 잇거늘 우리들은 남ᄌ가 되어
대장부라ᄒᆞ면서 돌오여 녀ᄌ만 못ᄒ니 엇지 붓그럽지안이ᄒ리오
ᄒ면서 스스로 ᄭ짓는자와 한탄ᄒᆞ는자와 통곡ᄒᆞ는자와 주먹을 치
고 손바닥을 뷔비며 살지 안코자 ᄒᆞ는자들이 일제히 소ᄅ질러가르
디 우리들이 오날은 밍셰코 반듯이 나라와 한가지로 죽을것이요
만약 나라가 망ᄒᆞ면 우리 단졍코 살지 못ᄒ리라 ᄒ면셔 일시에 여
러남녀가 흥〃ᄒ여 조수밀듯 샘물솟듯 익국열셩이 스면에 이러나
셔 다 이원슈의 휘하에 군ᄉ되기를 ᄌ원ᄒ니 그 형세 심히 굉24)대
ᄒ더라

　졍히 이 일기 녀ᄌ가 익국셩을 고동ᄒᆞ디 빅만 무리가 덕국물리
칠긔운이 쓸치도다

데팔회

각셜 이 ᄶᅢ 연셜장에셔 여러 인민들이 일제히 약원수의 군ᄉ됨을
ᄌ원ᄒᆞ는자가 분〃ᄒ거늘 원수가 일러가르디 그디들이 이제 군즁
에 들어와 나라 를 위ᄒ여 젼장에 나가고자ᄒᆞᆯ진디 맛당히 동밍ᄒᆞ고
일심병력ᄒᆞ여 덕군을 파ᄒᆞᆯ지니 오날부터 항오를 차려 군령을 복죵
ᄒᆞ고 긔률을 문란치말라 ᄒ고 이 날 ᄒᆡᆼ군ᄒᆞᆯ새 원근 촌락에 잇는
빅셩

24) 굉

들이 량초와 긔게동[25]쇽을 가지고 모도 원수의 군즁에 밧치는자가 락역부졀ᄒ더라 원수가 아리안 십이박게 이를어 진을 머물고 뎍진을 살펴보니 만산편야ᄒ것이 다 영국 군병이라 긔치창검은 일광을 가리고금고함셩은 텬디진동ᄒ는디 일편 외로온 셩에 살긔 참담ᄒ지라 원수가 제장을 불러 상의ᄒ되이제 영군의 형세 심히 굉쟝ᄒ여 낫〃이 날니고 싸홈 잘 ᄒ는 군ᄉ뿐더러병긔도 다 졍리ᄒ니 형셰로 ᄒ면 능히 익 이지 못홀지라 우리는 다만 ᄋᆡ국열혈로 빈 주먹만 쥐고 죽기를 무릅써 일졔히 아프로 나아 갈짜름이니 비록 칼과 창이 수풀ᄀᆞᆺ고 활살과 탄환이 비오듯홀지라도 한 걸음도 물어갈 싱각 말고 다만 아프로 나아가자ᄒ고 각〃 군장을 단속ᄒ여 뎍진으로 달려드니 사람마다 ᄋᆡ국ᄒ는 열혈이 분발ᄒ여 죽을 마음만 잇고 살 싱각은 업스매 날낸 긔운이 츙텬ᄒ여 한아이 빅을 당홀듯ᄒ지라 영국 군ᄉ가 아모리 만코 날내나이러케죽기로 싸호는 사람을 엇지 당ᄒ리오 원수의 들어오는 형세 바다에 조수밀듯ᄒ매 영국 군ᄉ가 ᄌᆞ연 한 편으로 헤어지며 분〃히 흐터지는지라 ○각셜 이 쩌 아리안 셩이 에움을 입은지 임의 일곱 달이라 타쳐 군ᄉ가 구원치안코 군량오는 길도 ᄭᅳᆫ허져 장졸이 다 쥴이고 곤핍ᄒ여 형세 심히 위틱ᄒ니 장촌 죠셕에 함몰홀 디경

25) 등

이라 비호로 공작이 근심이 익이지못ᄒ여 홀로 셩루에 올라 덕진을
살피더니 홀연 엇더훈 장수가 금기은갑으로 빅마에 노피 안자 우수
로쟝검을 두르며 좌수로 몸긔를 집고 군ᄉ를 몰아 비호 ᄀᄐ 들어
오니 영국 군ᄉ 분ᄉ히 츄풍락엽처름 흐터지며 물결ᄀᄐ 헤어지는
지라 공작이 크게 놀나 의심ᄒ되 엇더훈 장수가 저러툿이 영웅인고
혹 꿈인가 눈을 씻고 ᄌ셰히 살피니 일기 녀장군이 분명훈지라 대
단 의심ᄒᆯ지음에 원수 벌셔 셩문에 이르럿 는지라 공작이 급히 문
을 열고 원수를 마자 전후ᄉ졍을 낫ᄉ치 들으매 모도 원수의 익국
츙의를 흠탄ᄒ여 가르디 원수는 쳔고 녀즁 영웅이요 졀셰 호걸이라
원수 곳 안이면 우리 아리안 셩즁 사람은 다 도마우에 고기가 될것
이요 법국이 다 멸망ᄒᆯ것을 하늘이 원수를 보내사 우리 법국을 구
졔ᄒ심이라ᄒ고 인ᄒ여 손을 잡고 술을 내어 군졸을 호괴26)ᄒᆯ새
원수 가르디 덕병이 아즉 셩외에 잇스니 내 맛당히 힘을 다ᄒ여
덕병을 소탕ᄒ고 강토를 회복훈 후에 국왕을 밧들고 군신이 일톄
쾌락ᄒ게ᄒ리라ᄒ고 즉시 황금갑을 입고 빅마에 올라 우수에 칼을
잡고 좌수에 몸긔를 들어 군ᄉ를 지휘ᄒ며 셩문을 열고 내달아 좌
츙우돌훈디 영국 장군이 군ᄉ를 난화 좌우 날개를 벼27)풀고 마자
싸호거늘 원수가 긔병을 몰아 그

---

26) 궤
27) 베

〈30〉

즁간으로 츙돌ᄒᆞᆫᄃᆡ 영국 장ᄉᆞ가 다토아 원수를 사로잡고자ᄒᆞ여 ᄉᆞ면으로 분쥬ᄒᆞ니 원수는 몸이 나는 제비ᄀᆞ티 동에 번듯 셔에 번듯 칼빗이 번듯ᄒᆞ면 뎍병의 머리 락엽 ᄀᆞ티 썰어지니 영국장졸은 졍신이 현란ᄒᆞ여 진이 어지럽고 항오를 일는지라 원수가 그제야 긔병을 돌려 좌우로 치고 쏘ᄒᆞᆫ 보병을 불러 압뒤로 지치니 영군이 대패ᄒᆞ여 분々히 도망ᄒᆞ는지라 원수가 그 군량과 긔계를 모도 쎄앗아 셩즁에 들인ᄃᆡ 셩즁장졸이 오래 주리다가 무수ᄒᆞᆫ 량식을 보고 쏘한 영국의 패ᄒᆞᆷ을 보ᄆᆡ 만셰를 부르는 소릐 우릐 ᄀᆞ티 일어나며 용밍이 빅비 더ᄒᆞ더라 원수가 이튼날 쏘 영군과 싸화 수십합에 영군이 쏘 패ᄒᆞ여 도망ᄒᆞ거늘 원수 장ᄉᆞ를 거ᄂᆞ리고 뒤를 조차 츙돌ᄒᆞ다가 별안간 복병이 일어나며 활쌀[28]이 비오듯ᄒᆞ되 원수가 겁니지안코 좌우로 음살ᄒᆞ더니 홀연 활쌀[29]이 날아와 왼 팔을 맛치ᄆᆡ 연[30]수가 말게 썰어지니 영국 장수가 원수의 가진 몸긔를 앗아 도망ᄒᆞ는지라 원수 홀연 몸을 소쳐 말 안장에 쒸어 오르며 올흔 손으로 활 쌀[31]을 쎄아 버리고 금포 자락을 찌져 팔을 싸고 나는 듯이 말을 달려 영국 장수를 버히고 몸긔를 도로 쎄앗아 본 진에 돌아 오니 량국 군ᄉᆞ가 바라 보다가 모도 이르되 원수는 귀신이요 사람이 안이라ᄒᆞ더라이 ᄯᅢ영국 새가로 장

28) 살
29) 살
30) 원
31) 살

〈31〉

군이 법국에게 여러번 패하미 필경 익이지 못홀줄알고 남은 군스를
거두어 라아로하를 건너 도망ㅎ니 이 ㅆ는 일쳔ㅅ빅이십구년 오월
팔일이라 이에 아리안 셩에 에움을 푼지라 법국 사람들이 약원슈의
공을싱각ㅎ여 약원슈의 별호를 아리안이라 부르고 큰 비를 세워
약원슈의공을 삭여 쳔츄만셰에 긔렴ㅎ며 손를³²⁾ 잡고 술을 비저
삼일을 대연ㅎ고 만셰를 부르며 무한이 즐기며 일로브터는 원슈의
명령을 복죵치 안이ㅎ는쟈가 업더라

　졍히 일죠에 능히 즁흥홀업을 심으매 만셰에 오래 불망홀 비를
세윗도라

졔구회

챠셜 아리안 셩즁이 약슈³³⁾를 위하여 삼일을 대연ㅎ고 군스를 쉬더
니 이ㅆ 일³⁴⁾원슈가 가ㄹ디 지금 우리 대왕이 아즉 가면의례를 힝
치못ㅎ엿스나 내 맛당히 하슈를 건너 영군을 소탕ㅎ고 리목 셩을
차자 대왕의 즉위례를 힝ㅎ리라ㅎ고 즉시 군스 수만을 잇글고 라아
로 하슈를 건너 리목 셩을 향ㅎ니 이ㅆ는 츄 칠월망간이라 츄풍은
삽〻ㅎ고 로화는 챵〻흔디 한 곳에 당도ㅎ니 남녀로쇼 슈쳔명이
슈풀 알에 누어 호곡ㅎ는소리 심히 슬픈지라 원슈가 그 연고를 물
은즉 모도 통곡ㅎ여

---

32) 을
33) 원슈
34) 약

가르디 우리는 다 아모 고을에 사옵더니 태슈가 영국에 항복호엿슴
으로 영군을 몰아 셩중에 두고 빅셩의 량식을 탈취호며 부녀를 겁
간호여 부지홀 길이 전혀 망연호옵기로 우리가 일졔히 남부녀디호
고 각즈도셩35)호여 장찻 아리안 셩으로향호더니 즁로에서 긔갈이
즈심호여이 곳에누엇ᄂ이다 호거놀 원슈가 이 말을 듯고 측연이
역여 량식을 주어 긔갈을 면케호고 군ᄉ를 명호여 아리안셩ᄭ지
호송케혼후 그날 밤 삼경에 영군의 진에 달려들어 음살홀새 원슈가
션봉이 되어 츙돌혼디 영군이 대패호여 ᄉ방으로 흐터지는지라 원
슈가 뒤를 조차 크게 파호고 영국 대장 대이박을 사로잡고 셩에
들어 가 인민을 위로호며 어루만지고 항복혼 관원을 잡아 군문에
효시호니라 익일에 ᄯ 발힝호여 리목 셩을 파호고 영국 군ᄉ를 무
수히 죽이니 군ᄉ 위엄이 크게 진동호는지라 힝호는 곳마다 디덕홀
이 업서 영국 군ᄉ를 일병 구축호니 ᄉ방이 풍셩을 바라고 돌아
와 항복호는쟈가 분々호며 일흔 셩을 다시찻고 항복호엿던 고을들
도로여 차자 거의 강토를 회복혼지라 이에 원슈 법국왕을 마자 리
목에 이를어장찻 가면의례를 힝홀새 날을 틱졍호니 곳 동 십월 팔
일이라 원슈가 각도 각군 각셩에 글을 나려 왕의 가면홈을 반포호
니 이 씨 각 디방에 잇는 관원이나 빅셩

35) 셩

들이 다만 영국잇는줄알고 영국 군ᄉ에게 복죵ᄒ여 법국왕 잇슴을
모르더니 이제 공문이 젼파되매 비로소 국왕이 잇는 쥴 알고 쏘ᄒᆫ
원슈의 위엄을 두려ᄒ여 다토아 죠회ᄒ니 일로부터 그 근쳐 각셩이
법국 명령을 밧들고 비로소 통ᄒᆫ지라 ○차셜 왕이 가면 의례를
힝ᄒ고 왕위에 나아가매 약안을 봉ᄒ여 공작을 삼아 상경의 위에
쳐ᄒ고 귀죡에 참예케ᄒᆫ디 약안이 군복을 입고 몸긔를 잡고 엄연히
왕의 좌우에 뫼시매 법국 사람이 보는쟈마다 눈물을 흘리며 서로
경ᄉ를 일컷더라 하로는 약안이 부모를 싱각ᄒ고 돌아 가고쟈ᄒ여
왕게 하직ᄒ여 가ᄅ디 신이 본러 향곡에 빈ᄒᆫᄒᆫ 일긔 녀ᄌ로 ᄀᆫ절
이 나라원슈기픔을 갑고 여러인민의 지양을 구졔코쟈 나왓ᄉ오나
늙은 부모는 달은 ᄌ녀업ᄉ고 다만 소신 한낫 녀ᄌ쑨이온디 봉양ᄒᆯ
사람도 업삽고 쏘ᄒᆫ 쳔ᄒᆫ 녀식을 싱각ᄒ는 마음이 쥬야로 ᄀᆫ절ᄒᆞ올
지라 엇지 ᄉ정에 졀박지 안이ᄒ오리가 이제 텬힝으로하늘이 도으
시고 폐하의 넓으신 복으로 아리안 셩을 구졔ᄒ고 일흔 강토를 태
반이나 회복ᄒ고 영국의 장졸을 무수히 구축ᄒ여 붓그름을 조곰씻
엇ᄉ오며 리목 셩을 차자 폐하게서 즉위ᄒ샤 가면의례를 힝ᄒ셧ᄉ
오니 신의 지원을 조곰 일운지라 오날은 고향에 돌아 가 부모를
섬기랴ᄒ오니 바라옵건디 폐하는 싱각

호옵소서 호고 눈물이 잠々이 흘러 라삼을 적시는지라 법왕이 근졀히 만류호여 가르디 경이 안이면 짐이 엇지 오날々 잇스리오 경의 은혜 하히ㄱ트나 다만 경 곳 업스면 덕병이 또 들어 와 분탕홀것이요 지금 ㅅ지 파리 셩도 회복호지못호엿스니 쳥컨디 경은 짐을여 위³⁶⁾ 조곰 머물러 파리 셩 이나 회복호고 돌아가는것이 짐의 근졀히 바람이라 호고지삼 근쳥호디 약안은 본시 츙의심장이라 왕의 근쳥홈을 듯고 참아ㅼ 치지못호여 부득이 허락호고 부모게 글을 올려 ㅅ졍을 고 호니라

정히 비록 공명은 일셰에 빗날지라도 량리 츙효는 량³⁷⁾젼호기는 어렵장다

데십회

챠셜 이 ㅼ는 일쳔ㅅ빅삼십년이라 약안이 다시 원수가 되어 대군을 령솔호고 파리셩을 회복코자호더니 북방을 향호여 나아 갈새 이 ㅼ 영국이 다시 군ㅅ를 됴발호여 법국을 평졍코자호는지라 약안이 덕장과셔로 싸와 루ㅊ 영군을 파호고 졈々 파리셩을 갓가히 힝호더니 맛춤 강비³⁸⁾네셩 수쟝이 ㅅ신을 보내어 구원을 쳥호여 가르디 지금 영군 수만이 본셩을 텰통ㄱ티 에우고 량식의 길을 ㄷㄴ호여

---

36) 짐을위호여
37) 량
38) 변

셩즁에 잇는 수십만 셩명이 쟝ᄎ 물자즌 못 가온ᄃᆞ 고기와 ᄀᆞᆺ스오
니 원수는 급히

구ᄒᆞ옵소서 ᄒᆞ엿거ᄂᆞᆯ 원수가 군ᄉᆞ를 몰아 강변셩에 들어가 쟝졸을
위로ᄒᆞ고 이튼 날 싸호고자ᄒᆞ더니 이 씨 영군이 약원슈가 강변에셩
즁에 들어감을 보고 각쳐 군ᄉᆞ를 모아 더욱 엄즁히 에워 싸고 구원
ᄒᆞᄂᆞᆫ길을 ᄭᅳᆫ코자ᄒᆞ더니 그 이튼날원슈가 날낸 군ᄉᆞ 류빅명을 거ᄂᆞ
리고 셩 박게 나아가 뎍군과 샹홀ᄉᆡ 이 씨 원슈의 슈하 대병은 다
멀리 잇고 원수는 다만 류빅명을 거ᄂᆞ리고 강변네 셩에 들어 왓다
가 다만 류빅명으로 영군의 수만을 디뎍ᄒᆞ랴ᄒᆞ니 엇지 적은 군ᄉᆞ가
만흔 군ᄉᆞ를 당ᄒᆞ리오 싸호다가 필경 원수의 군ᄉᆞ가 패ᄒᆞ여 달아나
거ᄂᆞᆯ 원수 홀일업 셔 몸긔를 두르며 홀[39]로 뒤에 셔ᄉ 후전이 되어
오는 뎍병을 디뎍ᄒᆞ니 영병이 감히 ᄶᅩᆺ지못ᄒᆞ고 도로혀 스ᄉᆞ로 물러
가거ᄂᆞᆯ 원수가 군ᄉᆞ이 셩문에 들어감을 보고 그졔야 말을 달려 셩
문에 이르니셩문을 구지 다든지라 원수가크게 불러 문을열라ᄒᆞ여
도 응ᄒᆞᄂᆞᆫ쟈가 업스니 디뎌 이 씨 영군이 여러번 패ᄒᆞ여 쟝졸을
무수히 죽이ᄆᆡ 분통ᄒᆞᆫ 한이 골졀에 사뭇쳐 약안을 구ᄒᆞ여 죽이고자
ᄒᆞ되 방칙이 업ᄂᆞᆫ지라 이에비밀히 금빅을 만히 너어 강변네 셩 수
쟝에게 뢰물ᄒᆞ고 ᄒᆞ여곰 거즛 위급ᄒᆞᆫ쳬ᄒᆞ여 약안에게 구원을 쳥ᄒᆞ
엿다가 문을 닷고 미리 력ᄉᆞ로 ᄒᆞ여곰 셩외에 민복ᄒᆞ고 함졍을 노
하 약안을 잡음

[39] 홀

이라 불이간어[40]임의 약안을어더 영군에게 중금을밧고 팔아먹는
지라 영군이 디회하여 약안을 잡아다가 고디 우에 두고 장춧 죄를
얼거 죽이려ᄒᆞ더니 약안이 긔틀을 타 노픈 집우에셔 떨어져 죽기로
쟉뎡ᄒᆞ되 이닉 죽지못ᄒᆞ고 도로혀 영인의 발각ᄒᆞᆫ바되어 로잉셩 토
굴즁에 기피 가두고 학디 ᄌᆞ심ᄒᆞ며 빅본[41]으로 죽일 계획을 싱각ᄒᆞ
나 무슴죄명을 얼글수 업서 다만 그 신슐을 가탁ᄒᆞ고 우쥰ᄒᆞ 빅셩
을 션동ᄒᆞ니 이는 요망ᄒᆞᆫ 좌도 라ᄒᆞ고죽이랴 ᄒᆞ되복죵치 아이ᄒᆞ는
지라 이에 법교디심원으로 보니어 심판쳐결ᄒᆞ라ᄒᆞᆫ디 법교원에셔
루ᄎᆞ 심샤ᄒᆞ되 약안이 오히려 응연이 불굴ᄒᆞ여 가ᄅᆞ디 나는 비록
녀ᄌᆞ나 일단 이국열심으로 나라를 위ᄒᆞ여 붓그런 욕을 씻고 적군을
물리쳐 인민의 환란을 구흌[42]목적으로 국민의 고동ᄒᆞ여 충의를 격
발케ᄒᆞ고 죽기를 무릅써 시셕을 피치안코 젼쟝에 죵ᄉᆞᄒᆞᆷ이 곳 국민
의 칙임이어늘 엇지 요술의 죄를 더ᄒᆞ리오 결단코 복죵치못ᄒᆞ리라
ᄒᆞᆫ디 영인이 그불복ᄒᆞᆷ을 엇지 홀슈업서 비밀히 쇠를 니어 약안을
졍ᄒᆞᆫ 곳으로 옴겨 가두고 거즛 사나히 복쟝으로 약안의 평시와 ᄀᆞ
티 새 옷을 ᄭᆞ며 약안의 아페 버려 노흐니 약안이 그 새 옷을 보고
왕ᄉᆞ를 츄ᄉᆞᄒᆞ되 나도 이왕 보고유셩 으로 포다리고쟝군과 법국왕
을 뵈을ᄶᆡ 져러ᄒᆞᆫ 의복을 입엇더니 이제엣날 풍의

40) 에
41) 방
42) 할

가 일분도 업도다 스스로 탄식훈테[43] 그 겨테 ᄉ환ᄒ는 계집 ᄋ희 근졀이 쳥ᄒ여 가ᄅ디 랑ᄌ게서 저러훈 의복을 입고 법국왕을 볼어 가실 쩌 그 풍치의 웅장ᄒ심을 셰상이 다 흠탄ᄒ고 사람마다 한번 보기를 원컨다ᄒ오니 원컨더 랑ᄌ는 저 복장을 한번 입으시면 너 한번 랑ᄌ의 녯날 풍치를 보고자 ᄒᄂ이다 지삼 근쳥ᄒ거눌 약안이 그 것을 계곤쥴 알지 못ᄒ고 그 의복을 가초아 입고 그림ᄌ를 돌아 보며 스스로 어엿비 역여 노래ᄒ고 춤추며 신셰를슬퍼ᄒ더니 영인 이 그 겻틔서 엿보다가 일로 요슐의 증거를 잡아 드디어 좌도요망 으로 사람을 혹ᄒ게ᄒ고 법교를 패란케 훈다는법률에 쳐ᄒ여 로앙 시에 보니어 화형에 쳐ᄒ니 곳 일쳔ᄉ빅삼십일년 구월이라 그 후에 법국왕이 약안의 죽음을 듯고 슬퍼홈을 마지아이ᄒ여 그 가족을 불러벼슬을 주어 귀족이 되게ᄒ고 흉금을 주시니 법국 사람이 ᄯ오훈 각ᄼ 지물을 니어 빗나고 굉장훈 비를 구 죽던 짱에 세워 그 공덕을 긔렴ᄒ고 법국 빅셩이 지금ᄭ지 약안을 노피고 ᄉ모홈이 부모ᄀ티 역임을 말지아이ᄒ더라

정히 가련ᄒ다 장터훈 영웅의 녀ᄌ가 옥이부러지고 구슬이잠 김은 국민을 위홈이로다 불근 분총중에 ᄀ이튼[44] ᄉ업은 꼿다은 일홈이

---

43) 데
44) 이ᄀ튼

멋봄[45]을 류전ᄒᆞ는고

더뎌 약안은 법국 농가의 녀ᄌᆞ라 어려서 부터 텬셩이 총민홈으로
능히이국의 충의를 알고 흥상 스스로 분불열심ᄒᆞ여 나라 구홈을
지원ᄒᆞ나 그러나 그 ᄯᆡ 법국이 인심이 어리석고 비루ᄒᆞ여 풍쇽이
신교를 슝상ᄒᆞ고 미혹ᄒᆞᆫ 마음이 기픔으로 약안이 능히 이팔쳥츈의
녀ᄌᆞ로 국ᄉᆞ를 담당코자ᄒᆞ되 인심을 수습ᄒᆞ며 위엄을 셰워 왼 셰상
사람을 격불식여 국권을 회복자홀진디 불가불신통ᄒᆞᆫ 신도에 가탁
ᄒᆞ여 황당ᄒᆞᆫ 말과 신긔ᄒᆞᆫ 슐법 이안이면 그 빅셩을 고동ᄒᆞ지 못홀
것인고로 상뎨의 명령이라 텬신의 분부라 칭탁홈이요 실로 상뎨의
명령이 엇지잇스며 텬신의 분부가 엇지 잇스리오 그런즉 약안의
총명영민홈은 실로 쳔고에 드믄 영웅이라 당시에 법국의 왼 나라가
다 영국의 군병에게 압제ᄒᆞᆫ바되어 도성을 쌔앗기고 넘군이 도망ᄒᆞ
고 정부와 각 디방관리들이 다 영국에 부터 항복ᄒᆞ고 굴수[46]ᄒᆞ며
인민들은 다 머 리를 숙이고 긔운을 상ᄒᆞ고 ᄆᆞ음이 지가되어 이국
셩이 무엇인지 충의가 무엇인지 모르고 다만 구명도싱으로 상칙을
삼아 붓그런 욕을 무릅쓰고 남의 노례와 우ᄆᆞ되기를 감심ᄒᆞ여 나라
가 졈ᄼᆞ 멸망ᄒᆞ엿스니 다시 약이 업다ᄒᆞᆫ 이 시졀에 약안이 홀로
이국셩을 분불ᄒᆞ여 몸으로 히싱을 삼

---

45) 봄
46) 신

고 나라구홀 칙임을 스스로 담당ᄒ여 한번 고동에 온 나라 상하가
일제히 불 ᄀ티 일어나 빅셩의 긔운을 다시 쓸치고 다 망혼 나라를
다시 회복ᄒ여 비록 ᄌ긔빅 몸은 덕국에 잡힌바가되엇스나 일로
부터인심이 일층이나 더욱 분불격동ᄒ여 맛춤내 강혼 영국을 물리
치고 나라를 중흥ᄒ여 민권을 크게불분ᄒ고 지금 디구상 뎨일등에
가는 강국이 되엇스니 그 공이 다 약안의 공이라 오륙빅년을 젼리
ᄒ면서 법국 사람이 남녀업시 약안의 거록혼 공업을 긔렴ᄒ며 흠앙
ᄒ는 것이 엇지 그러치ᄋ니ᄒ리오 슬프다 우리 나라도 약ᄋᄀ튼
영웅호걸과 익국 충의의 녀ᄌ가 혹 잇 ᄂᆫ가

영인자료

이국부인젼

- 『신소설 애국부인전』
  대한 황성 광학서포 발행
- 『위인소설 여자구국미담(偉人小說 女子救國美談)』
  열성애국인(熱誠愛國人) 편역

여기서부터는 영인본을 인쇄한 부분으로 맨 뒷 페이지부터 보십시오.

39

最新滿洲圖

新譯約翰遜世界大地圖　一元

坤輿全圖　一元二角五分

學校要品　徑尺地球儀　八元五角

續印各書書目

近世歐洲四大家政治學說

十八世紀三大家政治學說

中國疆域沿革說畧

東邦近世史

泰西史教科書

哲學要領　，

國憲汎論

社會學

滿洲旅行記

日本維新慷慨史

繪圖政治小說佳人奇遇經國美談合刻

那特硜政治學中編下

政治學下編

萬國商務志

歷史教科書三種

理學鉤玄

史學小叢書第一種

史學小叢書第二種

史學小叢書第三種

38

書名	價	書名	價
廣和文漢讀法	三角	普通章程	二角五分
泰西新學記	一角五分	萬國史綱目	九角
英和辭典	二元	偉人小說 女子救國美談	一角五分
泰西通史上編	二元	讀子史門徑	五分
名學	一元	日本制度提要	五角
物競論	五角	日本遊學指南	二角
法律學	一角	女子教育論	四角

最新地圖出售

書名	價	書名	價
學校要品 學校暗射世界大地圖	五元	中外方輿全圖	四元
教科宜用 東亞三國地圖	一元五角	萬國新地圖	一元
戰地必携 極東地圖	一元六角	寶淵精密 東亞新地理圖	一元
中國暗射地圖	五元	中國十八省地圖	一元二角

二

代售各種書目

中國明文小史　四角　揚子江流域現勢論　再版減價　二角

中國財政紀畧　二角五分　埃及近世史　減版　二角五分

明治政熱小史　一角　政治學小叢書之一　國家學綱領　一角二分

歐洲政治史論　二角　強聒書社策論新選上下冊　三角

華英字典　七元　飲冰室自由書　五角

男女育兒新法　二角六分　日本維新英雄兒女奇遇記　三角五分

李鴻章　六角五分　衛生學問答　二角二分

清議報全編二十六冊　八元　男女婚姻衛生學・男女須知・少年　七角

中國現名韻語新讀本　三角五分　世界大同議　二角

時敏學堂修身科講義　二角　制作權輿　一角五分

蒙學讀本全書　八角五分　高等修身教科書　一角

廣智書局印行書目

日本維新三十年史 六冊	一元六角
支那史要 四冊	八角
歐洲財政史	三角
補增族制進化論	三角
國際公法志	五角
萬國憲法志 再版減價	五角
政治原論	五角
洋政治學 上卷 國家編	七角五分
洋那特碪政治學 上卷 編 全法	四角
洋那特碪政治學 中卷 編 上法	三角五分
東亞日岸志	三角
新撰日本歷史問答 上下冊	三角五分
法學通論	三角
東亞將來大勢論	二角
中國魂 上下冊	四角
十九世紀末世界之政治	四角五分
憲法精理 再版	五角五分
中國商務志	四角
洋實驗小學管理術	二角五分
洋現今世界大勢論	二角五分
胎內教育	三角
修學篇	二角五分
外國地理問答	二角五分

34

編貞德事至此。爲之掩卷長嘆。抑鬱沉吟。撫絃而歌。歌杜老詩曰。沉飲聊自遣。放歌破愁絕。

十四

國。到底是算個國不算個國呢。有這種人否呢。唉。稅關被人奪了。口岸
被人開了。鐵路被人築了。種種的利益。任人取了。樣樣的權限。任人奪
了這國要西。那國要東。瓜分的說話。想我們個個都聽熟了。我們國民。
有那個盡職的。有那個知慚的。二十餘省。如二十餘國。一盤散沙似的。
那個知道國民的義務呢。那個知道個有國家的責任呢。只知道有身家
妻子利祿功名的事。割幾多地。賠幾多欵。總以爲這是皇帝家裏的事體。
與我們不相干。試想若我們國內有幾多地。可以割的。有幾多欵。可以賠
的。割盡了賠盡了的時候。我國民怎麼保守身家妻子利祿功名呢。我們
的國內算是有四萬萬人。那一半無用的女子。不必說了。就是那一半二
萬萬的鬚眉男子。還是那一個人。能有貞德知恥的心事。愛國的志氣呢。
唉。到了做人牛馬。做人奴隸的時候。我國民還有甚麼方法處置呢。編者

32

衆人聽了。兒貞德他不過一筒弱女子，有如此熱心且愛國民。我們爲男子。稱大丈夫的。反不如他麼。豈不且愧且感。自恨自責。當下或有痛哭起來的。或有摩拳擦掌不欲生的。齊聲喝道，我們今日誓必與國同生死。國亡。我們亦斷不願生的。衆人退下轟轟潑潑。猛猛烈烈。與貞德商議敵英之方法了。看官請聽聽，你說他國國民。可敬不可敬。可愛不可愛，彼貞德不過個小女子。他都知到愛國。他都知道爲人奴隸是羞醜的事，當西歷千四百二十九年。塞哥路圍阿利城的時候。那法國的人。個個都是乘頭喪氣。個個都以爲不可救藥的了。貞德挺身設軍。以救國民自任。舉國上下，如火始然。民氣復振。雖貞德玉碎珠沈。犧牲殉國。但事有成敗。又怎能以此論英雄呢。看後來法國恢後故業。民權大昌。算地球上一個强國。後人那個不想貞德麼。那個不愛敬貞德麼。看官再想想。我們中

偉人小說女子救國美談

31

國的牛馬奴隸。怎麼得呢。當言道。言人騎跨馬。夜半臨深池。一失足便有人鬼之別。正為今日我國說法了。若不及早大眾一心。排自己的生命與敵扰。千人一志。萬夫同聲。人存死志。破釜沉舟。那英國難道有失夫的本領不成。我國定要為他壓服的麼。諸君諸君。若是貪生怕死。到了那國亡的時候。被他人甫虐恐生的苦。到不如死的樂了。我本為韓儒壞。一弱女子。無才乾。無本領。不過痛恨我國這樣顛危。想盡為國民一分的義務。不忍後我國民為奴隸牛馬。故奔走艱難。投軍營中。蒙羅單露將軍鑒察我的苦情。予我以參與軍事。今日得與諸君相見於此地。我決誓以身殉國以保全我的國民。諸君諸君。既是有愛國的心事。果有如何好計策見教我呢。貞德說話至此。熱誠洶洶。淋漓哀痛。不覺聲淚俱下

30

家。是不齊以自己的體力。保護自己的生命財產一般。故齊一國的恥

辱。即齊自己一身的恥辱一般。這是我國民人人所當知的道理。還有

一層今日這樣時局。任你甚麼英雄豪傑。遇着這麼境遇。都思前退後。

心灰意冷。不是嗟嘆太息。說邦國的危亡。怎樣的難救。就是喪廉沒恥。

忍辱降敵。甘為外人的走狗。那是最可恨的。夫凡一國的興亡。不在事

勢的盛敗。而在民氣的強弱。試看歷史上所載。有亡國千百年尚有能

恢復興起的。這就是好證據。故今日我們能同心同德。奮發熱心。又何

不可恢復前恥。振國威。報國仇呢。諸君諸君。既有不肯屈服人下之

志。兒得到。必要做得到。方是真不屈服。諸君試想看。我國到這樣地

位。危在旦夕。阿里安城一失。則吾國斷不可保。到那時諸君的父母妻

子。必為他人凌辱。諸君的財產廬墓。必為他人摧殘。到那時欲不為他

民全爲奴隸。土地全被佔據之時。然後方圖恢復。那時已悔恨遲了。故

姿今日有一最要之問題質問於諸君。諸君是願爲獨立不羈之國民。抑

甘爲卑賤無恥的奴隸呢。

說到此處。滿場都轟鬧起來。箇箇都搖首大聲應道。斷不肯。斷不肯。我

那甘做外人的奴隸呢。寧死都不願爲奴隸的。貞德見箇箇都感動起熱

誠來。於是拍案大聲道。

諸君既知爲奴隸的恥辱。是極好的了。但徒能知道恥辱。沒有雪恥的

心腸。就如不知一般。大凡世界上是那國的人。便要盡那國民的責任。

故一國有仇恥。卽是全國人的仇恥。全國人所當報復的。是以政治家

有一句格言道。凡屬國民。人人都有當兵的義務。這是怎麼解呢。凡人

既屬國民。便人人都是主權。人人都是服從。人人都是當兵以報效國

28

向大衆發言道。

我法國同胞國民。有志諸君。想都知道國家怎樣的積弱危亡了。想都知道人民怎樣的流離辛苦了。試披覽法國的地圖。今日還有甚土地。是法國的呢。北方諸州。已全被英軍所奪。南方諸州。祇全剩有一箇阿里安城。日間也就被破。若這城一失。法國宗社。便全亡滅了。國民也都爲人的牛馬奴隸了。還了得麽。大凡天下間。最卑賤最羞辱的。就是奴隸。國家一亡。人民便爲奴隸。一爲奴隸。便終身被人拘縛。永沒見天日的日子了。至於財産。怎樣被人籍沒。墳墓怎樣被人發掘。妻子怎樣被人淫辱。觀於埃及。昔日待猶太人怎樣的慘酷。就是榜樣。這段事情。詳細載在猶太史中。我國民豈有不知道的麽。今日我國雖已鬧到這麽田地。若大衆能齊心恊力。發奮起來。還有一線生機。若等待到國

第八下冤女子故剛發炎

二一

第七回　一箇女子獨上發言臺。　三寸蓮花大振國民氣。

且說到了演說之日。貞德已命軍士。將演說場布置齊整。那演說場十分廣濶。可容數十萬人。發言臺設在中間小小一所山墩。山上有樹數回。蒼翠參天。濃陰蔽日。可以觀望四面。怎天生絕好一箇發言臺。那日人山人海。擁塞不開。把演說場都擠得滿了。到了已刻。貞德升了發言臺。那些男女正鬧得不清。忽聽喇叭數聲。忽見發言臺上。立著一箇少女。頭戴桂花冠。身穿白錦袍。紅裙拖地。縄帶飄風。依稀仙子臨凡。仿佛嬋娥降世。正如一團月光珠彩。向演說場中射將下來。把眾人的眼光聚埋在一處。都注在他一人身上。便知道是平日所聞得的奇女子貞德了。先時已知他許多聲香的事蹟。今又得見其丰采。都肅然起敬。聽他說話。當下場內寂然無聲。於是貞德張一點櫻桃。啓兩行碎玉。把滿腔熱血。瀊蕩出來。

使敵軍知法國尚有人物。不敢藐視於我。於是細籌算一回。卽令軍政官

通知各處。限於某月某日在詩龍郊外。開一大演說會。這道消息一下。省

州縣無有不知。國內無論男女。都成羣結隊的來聽演說。那時降了英軍

的城邑。府縣各官。仍是照管。並未更迭。今聞出了一箇非常了得的女子。

聽說他許多奇妙的事情。都派一箇委員前來觀看風色。看官聽說貞德這

般舉動張揚。難道英軍眞果不知麼。因這時阿里安城死力拒守。急切難下。

敢把各軍都調來合力攻擊。都以爲法國是他釜中的魚。几上的肉。旦夕

便可全滅了。那裡還把貞德一箇孤弱女子。放在眼內呢。故貞德一舉一

動。並無阻力。就是這箇緣故。

滿腔熱血皆成淚。　一派河山忍付人。

欲知後事如何。且聽下回分解。

25

男子。豈不羞死麼。於是有送糧草器械至軍營的。也有來投軍的。一時貞

德營中。風雲變色。旗幟鮮明。軍威大振。正是。

元戎素有安邦志。　兵士誰無愛國心。

欲知後事如何且聽下回分解

　第六回　雷霆檄质傳挽回國紐。　府縣官派員私探情形。

且說貞德自出了這道檄文之後。兒人心漸墻。軍勢漸振。非是喜歡。那日

往外閱兵回來。在當發放了幾件軍事。韓思道。以今日人心。這般踴躍。看

來我法國也有轉機。將來還可望與復的日子了。但世人心腸。本來難測。

全是爲勢利上起見的。前日忍辱降敵無恥的臣民。就是榜樣。趁今日軍

威初振。銳氣正盛之時。不若向他們大演說一番。一來振軍士的熱心。二

來張自己的軍威。三來使國民都知道國恥。不致甘爲外人的奴隸。四來

也。予幼奉上帝之命。佇懷忠義之心。用敢糾集義師。恢復故國。雪強

敵之深仇。救同胞之疾苦。凡我法民。皆貴愛國之義務。宜與敵愾之精

神。想當聞風興起。雲集響應。以挽狂瀾。以成偉業。切切此檄。

且說法國當時尚在中古之世。人民奸拜天神。惑溺宗教。這是未開化時

的人類。所不能免的。這時貞德威名大振。兒童走卒。無有不知。也有說

是天神降世來打救法國的。也有說是妖魔鬼怪用邪術惑人的。種種奇巧

議論。把貞德評論得如花草一般。今又見了這道檄文。便把那些遠近百

姓的天良。都激奮起來。有日貞德出營閱兵。當前營後。人山人海。都要

來看貞德是怎麼的形狀。只見那些兵士一隊一隊的排列過去。到後繡旗

影裡。現出一箇絕世佳人。妙齡少女。旗上大書女元帥字樣。兩旁觀者。

都大聲喝采。振起熱心。都道他是一箇幼少女子。尚有忠義的心腸。我輩

偉人小說女子救國美談

九

太子搖首道。錯了。錯了。我不是王。用手指著正面繡像王服那人道。他纔
是王。貞德道。不是。殿下是法國眞命之王。賤妾是奉神之命而來。那有不
知的道理呢。太子至此。便問貞德的姓名。並到此的緣故。貞德答道。儲
君殿下。姜名貞德。奉神之命。來救法國的災難。又奮回梨燕。替殿下行
加冕之禮。原來法國歷代之王。登位之時。都要行加冕之禮。好似我中國
皇帝的玉璽一般。梨燕便是歷代法王加冕之地。這代法王查梨斯七世。
因年年爭戰。梨燕爲英軍所奪。攝政以來。還未加冕。故尙自稱爲太子。
今貞德說出這句話來。便悚然不疑。非常敬禮。談了許久。即封爲大元帥
之職。貞德謝了恩。即告辭出府。當下貞德回營。即草下一道檄文。四處
博播道。
法國不幸。宗社淪覆。民庶流離。首都糜鹿。是誠我國民臥薪嘗胆之秋

城急行。正是。

將軍窘有守城策　女將欲成救國功

欲知後事如何且看下回自然明白

第五回　法皇子設計試嬌情　貞元帥傳檄振軍勢

却說西歷一千八百二十九年五月初五日。貞德念盛鎧甲。白馬銀鎗。趕趕
昂昂。率若羅與露將軍借他的一隊兵士。望着阿里安城而去。行了半日。
道經一小村。名時龍。適值法皇子查梨斯駐劄在此處。貞德聞之。便入村
內來謁太子。太子此時也聞得有個英雄女子。起兵救國。十分歡喜。但聞
他有神聖指示。又疑他是左道惑人。欲試他眞假。於是變了衣服。投入諸
臣班襄。令一小臣。穿着王服。坐在正面。布置停妥。繞召貞德進來。却也
奇怪。貞德進內。不向正面王座而行。却向諸臣班中。走到太子面前施禮。

危坐。聽他說話。他講完了。便讓他坐。絕不敢以少女待他。將軍也應允

與他一隊兵士。談起國事。兩人互相嗟嘆。將軍道。令娘你雖然有胆有識。

究竟是牧羊女子出身。未曾臨過大陣。怎能與英軍相頡頏呢。況英軍這樣

兵雄將勇。我國出過幾次大兵。都是全軍覆沒。令娘言救法國之難。不知

有何計策呢。貞德答道。姜也無甚奇計。不過是神所使命。便自然有神扶

助。也未可知。但這都不可靠的。祇憑我們一點熱心。盡我們的義務。不愧

為法國的人民便了。若大事不成。也是聽天由命。無論他怎麼都好。至於

機謀。本是隨機應變的。何能預定呢。將軍點點頭道。真是呢。我國民若人

人都知道這個道理。必不至鬧到今日這箇田地了。便下城點了一隊兵士。

交與貞德道。這些兵士。都全交在令娘身上了。若到危急的時。我這裡兵

微將寡，也不能再調動的。當下貞德別了將軍與諸將士。一直向阿里安

20

他容貌秀麗。意氣軒昂。雖然衣衫襤褸。卻也凜然有威。來至將軍身邊施

·禮道。妾是一個鄉僻貧寒的女子。名喚貞德。爲救法國的大難來的。將軍

聞言。吃了一驚。以爲他是個頭瘋的女子。便細細詰他起來。那少女又道。

妾蒙神聖指示。來救法國的危急。望將軍勿疑。將軍細細他舉止幽閒。語

言清爽。絕不像瘋痴的樣子。縱放了心。試問他如何拯救的方法。貞德婉

言道。將軍聚聽妾言。妾數年前見神聖顯現數次。囑妾道。法國有難。汝

當救之。妾這時便立定心志。私習弓馬。今日國亡民困的時候。故敢冒死

前來將軍這裡。不然。敢誑騙將軍。以國家的大事。爲兒戲麼。妾雖無德無

才。也還少知韜畧。願將軍假妾一隊之兵士。直解阿里安城之圍。戰破英

軍。恢復故國。便完了妾的心志。雖死亦無怨的。貞德說話時。熱誠顯於

面上。神采翔翔。壯烈動人。將軍與左右諸將士。都肅然起敬起來。正襟

19

民也全爲人牛馬奴隸了。那時英軍築了長圍。軍勢大振，晝夜攻擊。砲聲不絕。與北城相隔頗遠。有一小城叫做澳孤堯。這城是羅卑露將軍在此鎭守。羅卑露手下將微兵窮。眼見得阿里安城。早晚必破。又不能救他。又恐這條路上有英兵來抄襲。羅卑露束手無策。日夜愁苦。不知怎麽好。一日坐在城上。悶悶不樂。靠著想道。他們法國開到這個田地。是無指望的了。阿里安一破。此城便難守了。國也亡了。如何是好呢。我空有忠義的心腸。驍勇的手段。不能替國民分憂。救他的大難。真是生不如死了。不覺長嘆了數聲。忽又跳起大聲道。常言道。疾風知勁草。板蕩識忠臣。試問法國令日有甚麽勁草忠臣呢。正言語間。忽抬頭見遠遠有一年輕女子。翩翩而來。將軍詫異道。眞奇了。這樣刀兵水火的時候。爲何還有婦女行動呢。莫非阿里安破。由那裏逃來的麽。那少女漸漸走近。定睛望之。見

18

轉目道。虧你是個女子。也能知道愛國的道理。這些男子聽見。豈不愧死。

我年幾巴老。是不中川的了。任你怎樣自由去罷。當下貞德見父親允了。求

總收了眼淚。束好衣裳。佩張短劍。拜辭父母。含若雙候道。女兒去了。未

知還有見雙親的日子沒有呢。大人切不可掛念。還要保重身體。當作女

兒死了便是。父母道。我兒前途保重。當下貞德束裝出門。頭也不回。一

直取路望澳孤墓地方。投羅單路將軍營內去了。夫妻兩日。眼淚巴巴的

靠著門望。直待望不見女兒的影子。總進屋裡。正是。

　　老人空有安家志。　小女深懷報國心。

欲知後事如何。且聽下回分解。

第四回　守孤城將軍憂國　救國難俠女借兵

却說。阿里安城。是法國的命脈。若這城一失。法國宗社。便全亡滅了。國

17

辭父親母親出門。建些大事業出來。也強如在家牧羊過日子。或者僥倖

救得我國民的災禍。保存我國民的獨立。也未可知。父母怒道。你是瘋了

不是。你是個懦房的女兒。何能在戰場裡弄刀鎗呢。況打伙又不是好頑

的事。莫是容易的事。幾多男子已做了出來了。何用要你們女子去呢。我

情願你死在凍海冰淵。也不願你在軍士面前。出乖露醜。倘或一旦失機。

被人污辱。豈不把我家門數代的德行都丟了麼。乖女。你好好聽我講罷。

這纔是孝順女兒。貞德含淚哀告道。女兒的心事。已經是死心踢地的了。

但求國民可以保得安寧。我是萬死都不顧的。況且父非一家的事情。是

國民公共的事情。女兒雖是女子。難道就不是法國的人民麼。既是法國

的人民。這便要盡國民的責任了。何能坐視國家的難。而不救呢。女兒今

日。是一定要去的。他父親聽女兒這些忠肝熱血的說話。便也觸起熱心。

便終日在家揣摩挽回法國的計策，把遠近的地圖來留心觀覽。過了幾日。

忽然聽得村外擾擾攘攘、人馬喧嘩。一霎時進了村裡。外邊的百姓都號

哭起來，悲哀之聲。震動天地。好不悽慘。貞德正在家裏。不知是甚麼事

情。忙出門來看。原來這時英軍自破了都城之後。即派了一隊無紀律的

兵。經過鄉村四面劫掠無所不至。十分殘酷，那天適值到了東梨眉村。卽

亮在村外大肆兇威。亂搶起來。凡老的少的男的女的。無不哭聲振地。當

下貞德見光景不好，忙快快進屋裡來。把些緊要東西，捆作一包。帶了

隨身軍器。仗着全身本領。保着父母出村後走出。便移家到遂菩側村居

住這一番經歷。把貞德的熱心。更加勝前一屑了，慨然以法救國的事為

自己的責任。未久阿里安城危急之信又到。貞德聞得即勃然道。時候到

了。時候到了。我不救國。還待誰來救呢。即猛勇向前告父母道，女兒欲

說這時阿里安城真是釜上的肉，釜中的魚了。范不危呢。我們中國戰國之世。齊國為燕國樂毅所滅。那時尚存有莒與即墨二城。今法國祇恐著阿里安一城。齊國還有一箇田單恢復故國。不知法國今日有那箇人呢。

正是。

　　空存滿目凄涼景。　　誰是中流砥柱人。

欲知後事如何。且聽下回分解。

第三回　　憤時事頓增豪傑心　　傷別離痛灑英雄淚

且說法國京城被破之時。貞德這年已有十七歲了。長成得如花如月之容。傾國傾城之貌。柳眉蚕殺而帶俏。鳳眼含威而有情。私智得滿腹奇書。自幼便精於弓馬。那時法京破陷之報。四達八達。雖兒童婦女。無有不知。貞德在家聽聞此事。日夕不安嗟嘆道。我們法國是這樣時局。怎算好呢。

簡形勢。便在塔上架了大砲。向城內衔市盡力轟擊。把近城的家屋。打得
灰飛粉碎，人民叫苦連天。城中法軍也死命拒守。十分勇猛。英軍攻了許
久。不能破城。沙卑利中箭身死。塞哥路代他爲元帥。依然晝夜攻擊。志
氣不惢。塞哥路見這簡城還較高險。攻打不下。想得一長圍之計。在城外
築起土墩。與城相對。便於攻擊。千四百廿九年正月。築成六簡土墩。與
城同一樣高。盡力攻打。把阿里安城圍得水洩不通。這時外邊也有些勇
敢之士。約得千餘人來救城。誰知別不敵石。被英軍殺得大敗。所有糧草
鎗砲及各樣軍裝。全被英軍搶去，阿里安城便斷了救援，眼兒是無指望
的了。城中軍士。都意氣頹喪。兵勢日蹙。也有說不如早降。保存滿城的
生命尚。也有說寧死。部不肯降服的。總而言之，說降的多、而說抗拒的
少。幸得庇窰盧公爵大駁擊說降的人。故說降的議論。也就漸息。看官你

13

若法國皇太子。不肯降服。這裡有一箇城池。界於羅鴉臺河之北邊。是南境之咽喉第一險要的所在。叫做阿里安城。河之北岸與南岸。中間架一大橋。直相連接。橋南築有許多圍垣壁壘。阻塞橋頭。以防敵兵。名為橋頭堡。橋上有二塔。名為指彌路。自北岸道至二塔。全是用土石築成。極為堅固。自二塔至南岸。架一木造的弔橋。在橋頭堡與南岸各地往來。都是從此而行。指彌路與橋頭堡兩處。守備極嚴。安設重兵。若南方有救兵從後面來。也甚容易。阿里安地方的人。恃有此險。故死力抵抗。英將沙卑梨見阿里安城急切攻打不下。想得一計策。對諸將士說道。指彌路是阿里安城最險要的。不破指彌路。便不能攻破阿里安城。諸將士都齊聲贊道。極是極是。便一齊把各軍團集一處。先攻指彌路為佳。諸將士都齊聲贊道。極是極是。向指彌路。用全力攻擊。十月廿三日。夜間用計破了指彌路。英軍既得了這

四百十二年正月。這時正是英法兩國大戰的時候。今且按下不講。且說

年年搆動兵戈。都不能把法國懾服下去。他國內的皇帝大臣及百姓人等。

總不舒服。十分憤怒。這回就大起傾國之兵。非同從前了。真是雄兵似

虎。猛將如龍。旌旗則耀日鮮明。喇叭則震天轟動。一直自英國海峽地

方。至法國邊境。連結大營百餘里。水陸並進。法國人民。無不心驚胆

戰。大軍已侵入法國內地。渡了羅鴉咨河。北方州縣。望風歸服。北境已

全入英軍之手。法國也調過數萬雄兵。許多勇將。來與英國大戰幾次。無

如兵士沒有英軍這樣雄壯。大將又沒有英軍那般謀勇。便連戰連敗。相

將降服。不久又進過法國都城。法王知事不可為。不得已奔逃於外。不知

去向。自古道。蛇無頭不行。大小將官。兒王也走了。都城也破了。即都陸

續獻地投降。甘為外國的走狗。造些無廉恥的事情。獨有南方諸州。奉戴

去。便決定心志道。據著這樣幾次盼咐。我想法國。必有一場大難是定了

是誤我數的。便私自練習軍器。學讀兵書。父常偷空到草場裡跑馬燒鎗。

父母見女兒這般學勦。這般古怪。甚為憂慮。責備過幾次。後來見女兒的

心志。是百折不回的。便也由他怎樣都好。這些村農都以為貞德是瘋顛

了正是：

今日學成文武藝。　他年欲起國民災。（此段是貞德自言于人者一依正史毫不紛飾以下說神者皆如此）

欲知後事如何。且看下回自然明白。

第二回　強凌弱二國勤兵戈　寡敵衆孤城危旦夕

花開兩朶，各表一枝。且說與法國相隔一水。有箇國叫做英吉利國。這兩

國。本是世仇。英國欲把法國當作藩屬看待。法國不憤。故意生出許多戰

事來。百餘年間。大起兵戈。無一日得太平。貞德降生的日子。在西歷一千

10

快。信步行來到了一寺院。那寺院後面有一所花園。花明柳媚。一種清

幽。卻也十分好景。當下貞德入內。行了數步。忽然清風徐來。遍體清爽。

又見那些景緻。風雅宜人。正遊賞間。恰目悅心的時候。忽聞有人喚道。

貞德切勿偷閒遊蕩。貞德望望四邊。絕無人影。驚奇道。此眞奇了。人影

都沒有一箇。是誰人呼喚我昵。忽然抬頭。見天空金光燦爛。彩氣成雲。

現出無數天神。問君三位神聖。玉冠紅袍。十分威武。大聲喚道。貞德。貞

德。法國將有難。汝當去救之。貞德其驚且懼。俯身到天神前答道。姜木村

那女子。何能膺軍旅戰爭的事情。況法國之難。又不知在那一日。怎能救

呢。神道。汝勿憂。久後汝便知。到時汝若投於羅臾將軍的營盤。自有好

機會。言畢。一霎時間。金光一閃。忽然不見。貞德恍恍惚惚。初猶以爲是

夢。後來神聖。又現了貞德之眼幾次。都是一樣的叮嚀囑咐。貞德想來想

9

忘。好讀奇書。勤於學問。十三歲上即助他爹媽牧畜。夫妻兩口。見女兒

百伶百俐。到也十分喜歡。這些村鄰來來歸俗。那裏有通達的人。今見貞

德這般俊秀。都嘖嘖稱道。可惜貞德不是箇男子。若是箇男子。便可替國

家辦些大事業出來。這幾句話。本是愛惜貞德的。貞德聽見卻反不平道。

難道男子纔可以替國家做事。女子便不能替國家做事麼。天生男女。同

具五官。同賦性情。本來都是平等的。若是分這多界限。天又何必生女子

出來呢。君宜聽說。這些話可敬不可敬呵。此女子便是建立大功。恢復法

國。聲名赫赫在歷史上的女丈夫。

一日天氣晴明。炎蒸酷熱。正是夏天風景。貞德在屋裏飼羊。似乎身體不

快。心裏想道。天氣這般苦熱。不如出外遊遊。即捨下工作出門。緩緩而

行。穿過些茂林修竹。聽那些鶯聲欵欵。燕語喃喃。也覺少舒懷抱。頗為暢

偉人小說 女子救國美談

熱誠愛國人編譯

詩曰　紅粉叢中一偉人。芳名膾炙幾千春。
可憐巾幗英雄女。玉碎珠沉爲國民。

第一回　田舍娘牧羊操賤業　奇女子救世話神言

話說。距今四百年前。歐羅巴洲法蘭西國阿里安城屬下。有一箇小村庄。名叫東櫟眉。地上偏僻。人煙稀少。是箇隴畝田舍的所在。村中所住。無非是些耕稼的人。內中有一農夫。夫妻兩口。住在一間草屋。家道貧寒。牧羊爲業。此農夫生得品性端直。甘樂貧苦。愛重德義。常爲村人所欽仰。所生一女。名叫貞德。自幼便教他牧羊的法子。說將來後繼有人。却也稀奇。此女子天性聰明。穎悟無比。凡父母教他言語。但一聽便會。過目不

6

偉人小說女子救國美談目錄

一

進步。多賴小說。蓋先導之術。至淺顯而至切要也。人有不讀經者。無人

不讀小說者。吾國人之競競於小仁小義。說部之功亦為最多焉。然舊藉

陳腐。所謂小康界之義理者。皆足為現世公理之大敵。何足取也。吾友編

譯救國美談。其目光注意新一世界者久矣。搜輯叢選。檢得原稿上編。披閱

一通。神為聳然。其必能開民之腦機。導之以文明之前路也。爰急付梓。

以餉國民。更欲我邦人士。多置小說而編譯之。期六經所不能教者。小說

可以教之。語錄所不能感者。小說可以感之。法律所不能治者。小說可以

治之。吾知其裨益於民智民氣。較報章典籍。必百倍其功矣。有社會國民

之義務者。其以吾言為然乎。則吾國人於黑闇闇地獄中。當放一道大光

明也。吾拜手稽首馨香而祝之。壬寅六月杞人序

序終

序

團社會立一國者。非積民也哉。強此社會表一國之精神者。非民智民氣

哉。吾繼觀方域中。其民智民氣之發達者。莫不稱歐美。於吾亞則獨日本

爲後起之孤注矣。吾國無與焉。豈歐美之賦於彼蒼者獨厚於吾國耶。抑

聞其智強其氣者。吾國無先導者耶。洋洋歐風。沉沉亞雲。吾丁其時。能

不悲乎。然自甲午而後。志士仁人之欲文明吾國也。徼唇舌以抵抗時流。

標新說以號召天下。卒至赴湯蹈火。不惜身命以爲我國民者。其苦心亦

至極矣。然上下懵懵。今猶熙然。其殆人民智識程度未及此。不足以容斯

高義也乎。黃金雖美。孺子勿識。明珠雖寶。野人勿貴。嗚呼。此所以志士

日勞。而收功卒未能萬一焉。昧昧我思之。在今日速下之道。其爲必要之

方針乎。則舍小說無由也。泰西說部。極其崇佈。日本三十年前。其國勢

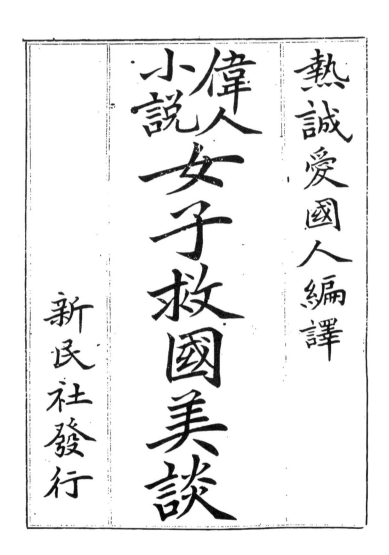

熱誠愛國人編譯

小說

偉人

女子救國美談

新民社發行

2

女子救國美談

1

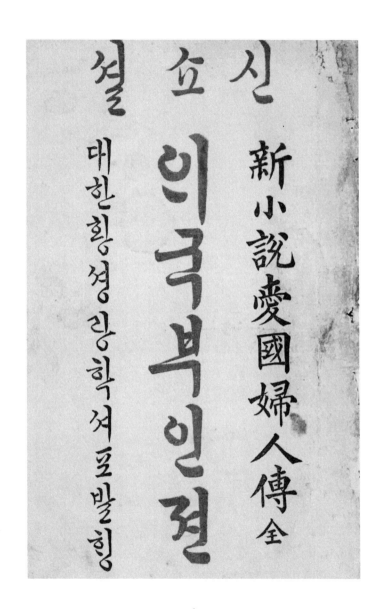

新小說愛國婦人傳 全

신

효

셜 이국부인젼

대한황셩랑학셔포발힝

1

대한쟝셩광학녀로ᄂᆡ제

2

Sauvez la vie à la patrie !

3

이 국 부 인 젼

뎨 일 회

화셜 오빅여년 젼에 구라파쥬 법란셔국 아리안셩 디방에 한 마을이 잇스니 일홈은 동이미라 그 싸이 궁벽ᄒᆞ여 인가ᄉᆞ 드물고 농ᄉᆞ만 힘쓰는 집 뿐이라 그 즁에 한 농부가 잇스니 다만 부쳐 두 식구가 일간 쵸옥에 잇서 가계가 빈한ᄒᆞᆷ으로 양을 쳐서 셩업ᄒᆞ더니 셔력 일쳔스빅십이년 졍월에 맛ᄎᆞᆷ 한 ᄯᆞᆯ을 나흐니 용모가 단아ᄒᆞ고 텬셩이 총명ᄒᆞ여 영민ᄒᆞᆷ이 비홀ᄃᆡ 업스니 부모가 사랑ᄒᆞ여 일홈을 약안아격이라 ᄒᆞᆯ더니 약안이 졈ᄎᆞ 자라매 부모게 효순ᄒᆞ며 한번 가르치면 모ᄅᆞ는 것이 업스며 ᄯᅩᄒᆞᆫ 샹뎨를 미더 셩경을 흥샹 닑으며 학문에 능통ᄒᆞᆫ지라 나이 십삼셰에 이르러 능히 부모읫 양치는 셩업을 도으니 부모가 이녀ᄋᆞᆫ의 극히 령리ᄒᆞᆷ을 보고 십분 깃버ᄒᆞ더라 그 동ᄂᆡ 사람들이 약안의 총민ᄒᆞᆷ을 칭찬안이ᄒᆞᆯ이 업서 특별히 일홈을 졍딕이라 부르며 가르ᄃᆡ 앗갑도다 졍딕이 만약 남즈로 싱겻드면 반닷이 나라를 위ᄒᆞ여

큰 소업을일울것 이어눌 불힝이 녀즛가 되엿다ᄒ매 약안이 이럿ᄐᄉ이

칭찬ᄒᆷ을 듯고 마음에 붐힝이 엇지 남즛만 나라를

위ᄒ여 소업ᄒᆫ고 녀즛는 능히 나라를 위ᄒ여 소업ᄒᆯ지 못ᄒᆯ가 하ᄂᆞᆯ이

남녀를 내시매 이목구비와 소지빅ᄐᆞᆫ는 다 일반이나 남녀가 평등이여ᄂᆞᆯ

엇지 이ᄀᆞ티 등분이 다를진ᄃᆡ 녀즛는 무엇ᄒᆞ려 내시리오 ᄒᆞ니 이런말

로만 보아도 약안이 타일에 능히 범국을 회복ᄒᆞ고 일홈이 쳔츄력ᄉᆞ상

에 혁ᄉᆞ히 빗날 녀장부가 안일손가 ○각결 약안이 ᄒᆞ로는 일긔가 몹시

더워 불속 ᄀᆞ든지라 양을 먹이다가 더위를 피ᄒᆞ랴고 양을 몰고 나무

수풀과 시ᄂᆡ물 가에 비회ᄒᆞ더니 이ᄯᆡ 맛춤 영국 군병이 범국을 침

법ᄒᆞ여 향쵼으로 다니면서 불을 노하 인민을 겁냑ᄒᆞ고 지물을 탈취ᄒᆞ

거ᄂᆞᆯ 약안이 속히 피ᄒᆞ여 수풀사이로 들어가니 인젹이 고요ᄒᆞ고 다만

눌 약안이 잇거ᄂᆞᆯ 그 절 가온ᄃᆡ 숨어서 상대게 가만이 빌어 가ᄅᆞ되

옛 절이 잇거ᄂᆞᆯ 그 절 가온ᄃᆡ 숨어서 상대게 가만이 빌어 가ᄅᆞ되

원컨ᄃᆡ 신력을 빌어 나라의 환란을 구원ᄒᆞ고 젹국의 원슈를 갑게ᄒᆞ옵

소서 ᄒᆞ며 무수히 츅원ᄒᆞ더니 이ᄯᆡ 영국 군병은 벌서 가고 쵼려가

안졍ᄒᆞ거ᄂᆞᆯ 약안이 그 절로 나와 길을 찻더니 그 절뒤에 한 화원이

잇ᄂᆞᆫᄃᆡ 화류는 곳다음을다ᄅᆞ고 쎄고리는 풍경을 희롱ᄒᆞᄂᆞᆫ지라 약안이 경

기를 사랑ᄒᆞ여 화원즁에 들어가 이리 져리 구경ᄒᆞ더니 홀연 어ᄃᆡ서

약안을 불너 가르딕 약안아 네가 넘어 한풍을 타 방탕이 놀지 마라

흥거늘 약안이 샹쟉 놀나 스면을 살펴 보아나 사람의 그림즈도 업는

지라 졍히 의심흐여 머리를 들어 보니 홍연 곳즁에 황금 빗이 찬란

흐며 최쇠긔운이 령롱흔딕 구름 속에 무수흔 텬신이 공즁에 둘러 셔

고 그즁에 세 분 텬신이 셔셔 욱관 홍포로 긔상이 엄슉흔딕 약안을

크게 불러 가르딕 약안아 쟝츠 큰 란이 잇슬지라 네가 맛당히 구원흐

라 약안이 다시 텬신의 아페 업딕어 고흐되 소녀는 본릭 촌가녀즈라

엇지 흐여야 군스를 어더 젼쟝에 나아가게 되오며 또흐 법국의 란이 나

느날 평뎡흐오리가 소녀의 지원이 빅셩을 위흐여 져양을 구졔흐고 나

라의 원슈를 갑하 쥬권을 회복코자흐오니 바라건딕 상뎨께서 일쓰히

지시흐여 도아 쥬옵소셔 텬신이 이르딕 너는 근심치 말라 이 다음 죠연

알 날이 잇슬것이나 그 쌕 되거던 라비로쟝군의 휘하로 들어가면 죠

혼 긔회가 싱기리라 흐고 말을 맛치미 별안간에 금광이 얼른흐며 곳

보이지 안이흐는지라 대뎌 법국이 영국과 해마다 싸홈을 쉬지 안이흠

으로 궁촌 농부라도 영국의 원슈됨을 다아는지라 약안이 어려서 부터

부모의 흥상 일콧는 말을 듯고 심즁으로 쏘흐 나라의 붓그럼을 씻고자

흐여 날마다 상뎨게 가만이 츅원흐기를 쟝리 나라를 위흐여 원슈를

6

셜치ᄒ고 빅셩을구졔ᄒ게ᄒ옵소셔 ᄒ여 칠팔년을 일심으로 비는고로 그

졍셩이 맷쳐 하ᄂᆞ리 감동ᄒ여 약안의 눈에 텬신이 나타내심이라 약안

이 황홀ᄒ여 마음 속에 싱각ᄒ되 이것이 혹 ᄭᅮᆷ인가 ᄒ더니 그후에도

루초 텬신이 눈에 완연이 보이고 이 ᄀ티 부탁이 졍녕ᄒ지라 약안이

싱가ᄒ되 텬신ᄭᅥ서 져러케 루ᄉᆞ히 분부ᄒ시니 필연 나라에 큰 란이

잇슬지니 내 맛당히 구ᄒ리라ᄒ고 일로 부터 나라 원슈 갑기를 스스

로 칙임 삼아 혹 군긔도 젼습ᄒ며 혹 복장에 나아가 말도 달니며

총과 활도 배호니 녀ᄋᆞ의 이러ᄒ 거동을 보고 심히 근심ᄒ며

렴녀ᄒ여 민양 금지ᄒ되 임의 ᄯᅳᆺ이 구더 암만 권ᄒ여도 듯지 안이ᄒ

쥴짐작ᄒ고 엇지 ᄒᆯ수업서 그대로 두더라 그 동리 사람은 모도 약안

드려 밋쳔 녀ᄌ라 지목ᄒ되 약안은 츄호도 ᄯᅳᆺ을 변치 안코 둥리 사

람 드려 이르되 내 임의 상대의 명을 바닷노라 ᄒ매 듯는이가 희연

이 웃고 이상히 알더라

　　데 이 회

오날 문무지죠를 배홈은 졍히다른 ᄯᅢ 국민의 란을 구졔코자ᄒᆷ이로다

차셜 이ᄊᆡᆨ법국과 좁은 바다물 한아를 격ᄒ여 이웃ᄒᆫ 나라는 곳 영

국이라 이 두나라가 빅년 이리로 원슈가 되여 날마다 ᄊᆞ홈을 일삼는

7

지라 셔력 일쳔삼빅삼십팔년부터 영국 왕 의덕화 대삼셰가 법국왕 비

립대 륙으로 더불어 격렬셔의 싸홈이 잇고 그 후 일쳔삼빅오십륙년에

영국 혹 틴즈가 법국과 파이다에서 크게 싸화 법국왕 샤이대ᄉ 악

한울 사로 잡고 기후 소오년에 법국 사이왕 대오가 영국과 싸호다가

패ᄒ여 쌩을 버혀 주고 비상을 물어 준 후에 화쳔ᄒ엿더니 이쌔

법국은 경부에 두 당파가 잇는딕 한아는 의만랍당이니 왕실을 붓들고

자ᄒ고 ᄯ 한아는 불이간당이니 영국과 죵룡ᄒ여 법국을 해롭게ᄒ니

이 두 당파가 서로닉란을 이르킴으로 영국현리왕 대오가 이긔회를 타

서 법국과 싸화 법병이 대패ᄒ더니 일쳔ᄉ빅십칠년에 ᄯ 영국왕이

법국을 대패ᄒ고 약됴를 뎡ᄒ되 법국 왕의 딸 가타린으로 영국 헌리왕

대오의 왕비를 삼아 법국 왕을 겸ᄒ게ᄒ고 파리셩에 들어가 법국

사이왕 대륙을 폐ᄒ고 법국을 둥할홀새 이씩 법국 북방의 모든 고을은

다 영국에 북죠ᄒ되 오즉 남방의 졔셩이 영국에 항복지 안코 법국

태즈 사이대칠을 세워 영국을 항거ᄒ더니 일쳔ᄉ빅이십팔년에 영국이

ᄯ 대병을 이르켜 법국 남방을 소탕코자ᄒ여 영국 희협디방으로부터

법국 디경ᄭ지 수빅리를 졍기가 공즁에 더피고 갈파 창은 일월을

회롱ᄒ는 지라 슈륙으로 일시에 지쳐 둘어 오며 라아로ᄒ룰 건너 남방

8

디경을 침범ㅎ나 이씨 법국의 왕은 남방으로 도망ㅎ고 법국 셔울과

리셩과 그 남은 셩은 다 영국의 땅이 되지라 법국이 아모리 루만 경

병을 뇌발ㅎ여 영국과 싸호나 군人의 용밍과 무예의 날님이 영국을

당치못ㅎ고 장슈도 영국 구티 지용이 겸비ㅎ쟈가 업슬뿐더러 또한 법국

의 졍부 대관은 다 영국의 지휘를 바듬으로 법국 왕이 남방에 파쳔

ㅎ여 몸을 용납홀 땅이 업스니 이럼으로 법국 병이 싸홀 뜻이 업

고 각곳도셩ㅎ여 젼국이 거의 영국 령토가 될 디경이요 젼국 인민

은 다 외국의 노예와 개와 도야지 됨을 붓그러온 욕이 되는줄 모르

고 하로라도 구챠이 목솜 보젼홀것만 다힝으로 아니 만약 남방만 아

니더면 법국의 셩명이 엇지 오날ㅼㅣ 젼ㅎ리오 이때 오즉 남방의

몃々고을이 남아 법국왕을 보호ㅎ나 그곳에 유명한 셩 일홈은

아리안셩이라 그셩은 라아로하의 북편에 디경ㅎ여 남방인후가 되고

뎨일 험요한 셩이니 하슈 북편 언덕에 잇서 남편 언덕과 즁간에

큰다리를 노코 서로흥상 왕리ㅎ는틱 그다리 남편은 허다한 셩과과

포딕를 싸코 다라를 막아 뎍병을 방비ㅎ니 그 다리 일홈은교두보요

그 다리 우에 두낫 셕탑이 잇스니 일홈은 지미로니 북편으로 부터

탑ㅼㅣ지 이르는틱 견혀 흙과 돌로 싸하 극히 견고ㅎ고 험ㅎ며 또탑

9

의 남편에 나무 다리를 노하 각쳐에 왕리ᄒᆞ니 교두보와 지미로 두

곳에 엄즁한 군ᄉᆞ를 두어 덕병을 방비ᄒᆞᆷ으로 아리안 셩은 이러한 협

요 셩쳑을 밋고 죽을 힘을다ᄒᆞ여 직히더니 이째 영국 대쟝 사비리가

아리안셩의 험ᄒᆞᆷ을 보고 한 계칙을 ᄉᆡᆼ각ᄒᆞ되 이 셩은 급히 파ᄒᆞᆯ수

업스니 우리 각쳐 군죨을모 도 모화 힘을 합ᄒᆞ여 몬져 지미로셩을

파흠만구티 못ᄒᆞ다 ᄒᆞ고 쪠쟝을 불러 일졔히 지미로를 에우고 이 해

십월이십삼일에 계교를 ᄂᆡ여 밤즁에 지미로 셩을 파ᄒᆞ미 그 탑 우에

티포를 걸고 셩 알ᄅᆡ에 잇는 인민의 집을 물수히 쇼화ᄒᆞ며 험한 곳에

을 영병이 뎜령ᄒᆞ여 아리안을 치나 셔즁에 잇는 법국 쟝죨은 죽기로

직히미 아모리 쳐도 셩을 ᄳᅢ치지 못ᄒᆞ고 역국 대쟝 ᄉᆞ비리가 활

살에 마자 죽는지라 영국이 다시 새가로쟝군으로 원슈를 삼아 쥬야로

공격ᄒᆞ여 수월을 지ᄂᆡ되 파ᄒᆞ지못ᄒᆞ고 쟝구히 에워 구원을 ᄭᅳᆫ코 셩

즁 쟝죨이 먹지못ᄒᆞ면 ᄌᆞ연 항복ᄒᆞ리라 ᄒᆞ고 셩 밧게 흙을 ᄊᆞ하 노

픈 산을 셩과 ᄀᆞ티 ᄒᆞ고 여섯 곳 돈ᄃᆡ 우에 대포를 걸고 날마다

치니 이째는 셔력 일쳔ᄉᆞ빅이십구년 졍월이라 아리안셩 즁에 물ᄉᆡᆯ

틈이 업ᄂᆡ 에워싸고 비료라도 둉쳐 못ᄒᆞᆫ게ᄒᆞ니 다른 곳 법국 군ᄉᆞ

가 와셔 구원코쟈ᄒᆞ나 엇지 능히 들어 오리오 이째 아리안 근쳐에

10

사는 용밍 잇는 장스들이 수쳔명 용스를 섭아 아리안 셩을 구원코쟈

흐다가 영국 군병에게 패흐바가 되여 여간 량죠와 창포등속만 다 뎍

국에게 쎅앗기고 아모 효험이 업스니 이르바 계란으로 돌을 싸림이라

엇지 영국의 병졸을 당흐리오 셔즁에 잇는 장졸들이 모도 의기가

져상흐고 형셰가 날로 촉흐니 그 곤란흐 졍형을 이루 측량흐리오

혹은 말흐되 차라리 일즉 항복흐여 왼 셔즁에 잇는 싱명이나 구흐

는것이 가흐다 흐고 혹은 차라리 죽을지언졍 엇지 참아 항복흐리오

흐되 항복코자흐는 편이 만흐지라 그러나ㆍ셔즁에 잇는 법국 대장 비호

로공쟈은 위리 셩명이 잇는 사람이라 항복코자흐는 말을 크게 론박흐

으로 감히 발셜치 못흐고 죽기로 직히자흐니 슬프다 이 쎅 아리안 셩

은 도마우에 살덤이요 가마 안에 고기라 엇지 위퇴흐지 안이흐리오 엇

우리 나라 고구려 시딕에 당 래종의 빅만군병을 안시셩 래수 양

만춘이 능히 항거흐여 빅여 일을 굿게 직히다가 맛춤닉 당병을 물리처

고 평양셩을 보젼흐엿스며 슈양뎨의 빅만병은 을지문덕의 한 계최으로

젼군이 함몰케흐엿스며 고려 강감찬은 슈양뎨의 삼

십만병을 물리치고 송경을 보젼흐엿 스니 아지 못커라 법국은 이 쎅

예 양만춘 을지문덕 강감찬 구튼 튱의 영웅이 뉘잇는고

졍히 이 쳐량흔 빗만 눈에 가득ᄒ거ᄂᆞᆯ 쥼류지쥬에 의괴인이 뉘잇ᄂᆞᆫ가

뎨 삼 회

차셜 이 ᄯᅢ 약안에 년이 십칠셰라 화용월ᄐᆡ를 규즁에 봉용흔
ᄐᆡ도와 션연흔 풍쳐 진서 경셩경국의 미인이라 이ᄯᆡ 법국 경셩의
함몰과 국왕이 파쳔흔 소문이 ᄉᆞ방에 젼파ᄒᆞ미 비록 ᄋᆞ동부녀라도 모
를 이가 업ᄂᆞᆫ지라 약안이 쥬야로 챠탄ᄒᆞ여 가ᄅᆞ딕 우리 나라가 져 모양
이 되엿스니 엇지 죠면 됴홀고 죠일 토록 집에 안자 나라 회복흘
계교를 ᄉᆡᆼ각ᄒᆞ다가 법국 디도를 내어 노코 조셰히 살피더니 홀연 들
으니 문박게 쳔병만마의 헌화ᄒᆞᄂᆞᆫ 소리 벽력 구티 진동ᄒᆞ면서 마을
사람의 우ᄂᆞᆫ 소ᄅᆡ ᄉᆞ면에 요란ᄒᆞ거ᄂᆞᆯ 약안이 놀라 급히 나아 가 본
즉 영국 군병이 긔률업시 ᄉᆞ방에 횡힝ᄒᆞ며 지물을 로략ᄒᆞ고 부녀를
겁간ᄒᆞ며 인명을 살해ᄒᆞᄂᆞᆫ지라 약안이 그 잔혹흔 참상을 보고더욱 분
ᄒᆞ여 심즁에 셜치복슈흘 ᄉᆡᆼ각이 더욱 군졀ᄒᆞ나 엇지 흘수 업서 급히
들어와 략간 의복 집물을 거두어 힝장을 단속ᄒᆞ고 군긔 등물을 몸에
가지고 부모를 보호ᄒᆞ여 말게 태우고 후면으로 달아나 요고츅ᄋᆞ란 마
을에 이르어 피란ᄒᆞ더니 수일을 지나미 아리안 셩의 곤급흔 소식이
날로 들리ᄂᆞᆫ지라 약안이 발연히 일어나 칼을 어루만지며 가ᄅᆞ딕 시졀

12

이 왔도다 시졀이 왔도다 내가 나라를 구치못ᄒᆞ고 다시 누구를 기

드릴가 즉시 부모 압헤 나아가 엿ᄌᆞ오디 오날은 녀식이 부친과 모친

울 하직ᄒᆞ고 문외에 나아 가 큰 ᄉᆞ업을 셰우고자ᄒᆞ오니 혹 요ᄒᆡᆼ으로

우리 국민 동포의 환란을 구제ᄒᆞ고 우리 나라 독립을 보젼ᄒᆞ는지

아자못ᄒᆞᄂᆞᆫ다 부모가 이말을 듯고 대로ᄒᆞ여 말ᄒᆞ되 네가 광풍이 들

럿ᄂᆞ냐 네가 규즁에 셩쟝ᄒᆞᆫ 녀ᄌᆞ로셔 엇지 젼쟝에 나아가 갈과 총을

쓰리오 만약 이 ᄀᆞ리 용이ᄒᆞᆯ것 ᄀᆞᄅᆞ면 허다ᄒᆞᆫ 남ᄌᆞ들이 벌셔 ᄒᆡᆼᄒᆞ엿슬

지라 엇지 너 ᄀᆞᄐᆞᆫ ᄋᆞ녀ᄌᆞ에게 맛기리오 우리 지원ᄂᆞᆫ 네가 슬하에

잇셔 늙은 부모를 밧들고 젼쟝에 나아 가 공업 일우기를원치 안이ᄒᆞ

노니 만약 불ᄒᆡᆼᄒᆞ면 남에게 욕을 당ᄒᆞᆯᄲᅮᆫ안이라 우리집 조션어린로 말

은 덕ᄒᆡᆼ을 들업힐깃이요 ᄯᅩᄒᆞᆫ 우리 부쳐가 다른 혈륙이 업고 슬하에

다만 너 한아 ᄲᅮᆫ이어ᄂᆞᆯ 네가 집을 ᄯᅥ나면 늙은 부모를 누가 봉양

ᄒᆞᆨᄭᅦᆺ ᄂᆞ냐 너는 효슌ᄒᆞᆫ 조식이 되고 효겄 녀ᄌᆞ가 되지말라 흔디 약

안이 눈물을 머금고 슬피 고ᄒᆞ되 부모님은 들러 보옵소셔 녀ᄋᆞ의 마

옴은 벌셔 확셜이 뎡ᄒᆞ엿ᄉᆞ오니 다만 국가와 동포를 안녕이보젼ᄒᆞ디

경이면 이 몸이 만번 죽어도 한이 업스며 허물며 이일은 한 집안

ᄉᆞ졍이 안이라 빅셩된 공ᄉᆞᄒᆞᆫ ᄉᆞ졍이오 니 제 몸은 비록 녀ᄌᆞ오나

13

엇지

법국의 빅셩이 안이리가 국민된 칙임을 다 ᄒᆞ여야 바야로 국민

이라 이를지니 엇지 나라의 란을 당ᄒᆞ여 가만이 안자 보고 구ᄒᆞ지

안이ᄒᆞ리오 녀ᄋᆞᆫ 오날 날일덩ᄒᆞᆫ 마음을 돌이키기 어렵스오니 긔어

코 가고자ᄒᆞᆸᄂᆞ이다 부친이 녀ᄋᆞ의 이러ᄒᆞᆫ 츙간열혈이 솟아나는 말을

들으ᄆᆡ 조연 감동도 되고 ᄯᅩᄒᆞᆫ 말류ᄒᆞ여도 듯지안이ᄒᆞᆯ줄 짐작ᄒᆞ고 다

시 일너 가르딕 너는 녀ᄌᆞ로서 인국ᄒᆞᆫ 의리를 알거든 남ᄌᆞ 된쟈아

엇지 붓그럽지 안이ᄒᆞ리오 네 아비는 나이 임의 늙어 셰상에 쓸딕

업스니 너는 마음 대로ᄒᆞ라 흔딕 약안이 부친의 허락ᄒᆞ심을 보고

눈물을 거두어 의복과 무긔를 가초아 힝장을 슈습ᄒᆞ고 부모젼에 하직

ᄒᆞᆯ새 두 눈에 구슬 ᄀᆞ튼 눈물을 흘려 엿ᄌᆞ오되 녀ᄋᆞ가 이번 가면 쥭

다시 부모님을 뵈올 날이 잇슬는지 모로거니와 부모님게서는 녀ᄋᆞ를

쥭은줄로 아르시고 츄호도 싱각지 마시고 다만 신샹을 보젼ᄒᆞ옵소서

부모가 가르딕 녀ᄋᆞ야 부모는 념려말고 압 길을 보즁ᄒᆞ여라 이 날

약안이 부모게 하직ᄒᆞ고 문밧게 나와서 도라보지 안코 길을 차자 보

고유 디방을 향ᄒᆞ여 포다리고 장군을 차자가나라 약안의 부모는 녀ᄋᆞ

를 리별ᄒᆞ고 두줄 눈물이 비오듯ᄒᆞ며 거리에 비겨서ᄉᆞ아옥히 바라다가

녀ᄋᆞ의 형영이 보이지 안음을기드려 방에 들어 와 슬피통곡ᄒᆞ니 그

14

정상은 참아 못불너라

졍히 이로인은 다만 집 보젼 ᄒᆞᆯᄯᅳᆺ이 잇거늘 어린 녀ᄌᆞ는 깁히

나라 원슈 갑홀 마음을 품도다

뎌ᄉᆞ회

각셜 아리안 셩은 법국의 명믁과 ᄀᆞ든 즁요ᄒᆞᆫ ᄯᅡ이라 그 셩을 한번

일으면 법국 죵사가 멸망ᄒᆞᆯᄯᅳᆫ 안이라 인민이 다 노례와 우마가 되지

라 이ᄯᅢ 영국 군병은 텰통ᄀᆞ티 에워 싸고 쥬야로 쳐니 방포 소

리 원근에 진동ᄒᆞᆫ지라 그 셩 북방에 ᄯᅩ 한 셩이 잇스나 일홈은 보

고유 셩이라 법국쟝군 포다리고가 그 셩을 직히나 슈하에 쟝슈 업고

군ᄉᆞ가 져어 아리안 셩의 위급홈을 보아도 능히 구치 못ᄒᆞᆯᄯᅩ훈

영국 군병이 본셩을 칠가 두려ᄒᆞ여 속슈무칙 ᄒᆞᆯ고 쥬야 근심ᄒᆞ더니

하로는 답ᄉᆞᆷ고 민망ᄒᆞ여 셩우에 올나 텬을 괴이고 가만이 싱각ᄒᆞ되

우리 법국이 망홀 디경에 이를엇것만 내아모리 츙의심쟝이 잇스며 용

밍슈단이 잇스나 나라를 위ᄒᆞ여 큰 란을 구ᄒᆞ지 못ᄒᆞ니 셩불여ᄉᆞ라ᄒᆞ

고 두어 소리 긴 한심으로란간에 빅회ᄒᆞ다가 홀연 ᄯᅩ 일어나 크게

소리 질너 가ᄅᆞ디 옛 말에 모진 바람에 굿센 풀을 알고 판탕ᄒᆞᆫ 시

절에 츙신을 안다ᄒᆞ느니 뭇노라 법국이 오날ᄉᆞ에 굿센 풀과 츙신이 뉘

15

잇는가ᄒᆞ며 졍히탄식ᄒᆞᆯ 지음에 우연 바라 보니 엇던 한 부인이 편

슈히 오거늘 장군이 싱각ᄒᆞ되 이상ᄒᆞ다 이러ᄒᆞᆫ 란즁에 웬 부녀가 홀

로오는고 필연 아리안셩이 파ᄒᆞ여 도망ᄒᆞ여 오는 ᄌᆞ셰히 살피니 얼골이 옥

그 녀ᄌᆞ가 졈ᄉᆞ 갓가히 오거늘 ᄂᆞᆫᄉᆞ호 위의는 녀장부의 풍치라 의

긔가 양ᄉᆞᄒᆞ여 비록 의복은 남루ᄒᆞ나 갓고 의

그 녀ᄌᆞ가 즉시 장군의 휘하에 들어 와 졀ᄒᆞ고 엿ᄌᆞ오되 져는 일

긔 향촌 녀ᄌᆞ요 일홈은 약안이격인ᄃᆡ 법국의 란을 구원코자 왓ᄂᆞ이

다 장군이 이 말을 듯고 크게 놀라 싱각ᄒᆞ되 반드시 광병 들린 녀

ᄌᆞ로다 내 맛당히 시험ᄒᆞ리라ᄒᆞ고 젼후ᄉᆞ를 낫낫이 힐문ᄒᆞᆫᄃᆡ 그녀ᄌᆞ

엿ᄌᆞ오ᄃᆡ 졔가 텬신의 지시ᄒᆞ믈 입ᄉᆞ와 법국의 위급ᄒᆞᆷ을 구ᄒᆞ고자ᄒᆞ오니

바라건ᄃᆡ 장군은 의심처 마옵소서 장군이 그 힝동을 살피고 언어

를 드ᄅᆞ매 단졍ᄒᆞᆫ 녀ᄌᆞ요 광병들인 녀인은 안이라 그졔야 마음을

노코 구졔ᄒᆞᆯ 방법을 물은ᄃᆡ 약안이 강기히 ᄃᆡ답 ᄒᆞ되 졔가 수년젼에

텬신의 나타나심을 입ᄉᆞ와 졔게 부탁ᄒᆞ기를 법국에대란이 잇슬것이니 네

가 맛당히 구원ᄒᆞᆯ지라 ᄒᆞ심으로 일로 부터 마음과 ᄯᅳᆺ을 뎡ᄒᆞ고 무예

를 ᄉᆞ습ᄒᆞ옵더니 오날ᄉᆞ 나라이 위급ᄒᆞ고 ᄇᆡ셩이 노례가 될 디경에

이른고로 죽기를 무릅쓰고 와셔 장군을 ᄇᆡ옴이요 다른ᄯᅳᆺ은 업ᄉᆞ오니

바라건되 장군은 굽어 싱각ᄒᆞ시와 일되 병마를 빌려 주시면 제가

비록 지됴와 용략은 업ᄉᆞ오나 츙셩을다ᄒᆞ여 아리안셩의 에움을 풀고

덕군을 소탕ᄒᆞᆫ 후 고국을 회복ᄒᆞ고 저의 ᄯᅳᆺ을 완젼이 ᄒᆞ오면 죽어도

한이 업ᄉᆞ오이다ᄒᆞ며 말을 ᄯᅵ에 ᄡᅳ거ᄂ 피 긔운이 면상에 나타나며

졍신이 발ᄉᆞᄒᆞ여 텬ᄉᆞ의 풍신이 족히 사람을 감동케 ᄒᆞᄂᆞᆫ지라 장군

과 좌우 졔장들이 모도 그 녀ᄌᆞ의 말을 듯고 십분 공경ᄒᆞ여 자리를

샤양ᄒᆞ여 안치고 감히 녀ᄌᆞ로 되졉지 못ᄒᆞᄂᆞᆫ지라 장군이 드듸어 국ᄉᆞ

를 의론ᄒᆞ며 물어 ᄀᆞᄅᆞ되 랑ᄌᆞ가 비록 경력 업ᄉᆞ니 엇지 능히 원리

목양ᄒᆞ던 농가 츌신이라 한번도 젼쟝에 지식이만 ᄒᆞ나

국 군병과 싸호리오 허물며 영국 군병은 긔ᄉᆡ이 날내고 웅쟝ᄒᆞ여 우

리 나라에서 몃번 되병을 래어 싸호다가 젼군이 함몰ᄒᆞ엿스니 랑ᄌᆞ가

무슨 계칙이 잇ᄂᆞ뇨 약안이 되답ᄒᆞ되 제가 무슨 긔이ᄒᆞᆫ 계교 잇스오

리가 다만 텬신의 지휘ᄒᆞ심인죽 조연 도으심이 잇슬는지도 알수업고

ᄯᅩᄒᆞᆫ 텬신의 도으심만 미들것 안이라 오즉 일뎜열셩만 밋고 우리 국

민된 의무를 극진히 ᄒᆞ여 범국 인민됨이 붓그럽지 안케 ᄒᆞᆯᄉᆞ름이요 셜

혹 대ᄉᆞ를 일우지 못ᄒᆞ여도 텬명에 맛길것이라 엇지 셩패를 미리 료

량ᄒᆞ오며 ᄯᅩᄒᆞᆫ 용병ᄒᆞᄂᆞᆫ 법은 원리 긔틀을 ᄯᅡ라 림시변통ᄒᆞᆯᄲᅮᆫ이라 미

리 명홀수잇스오리가 장군이 고기를 심덕이며 이르되 랑조의 말솜이 올토다 우리 나라 빅셩이 낫々이 다 랑조와 ᄀ티 국민의ᄉ리를 알진딕 엇지 오날 이디경에 이를엇스리오 그러나 내 슈하에 군병이 얼마 되지안코 또흔 이 곳도 죱다라 셩을 비고 보낼수업슨즉 위션 멋빅명만 줄겟이니 랑조는 영슐흐고 여긔서 수십리만 가면 시룡촌이라 흐는 동리가 잇는디 그 동리에 우리 법국 왕 사이 대쳘 폐하게서 그 곳에 쥬 찰흐셧스니 나의 공문을 가지고 가 뵈오면 즈연 군스를 어들도리가 잇슬리라흐고 즉시 셩중에 잇는 군스 일즁되를 덤금흐여 빌린딕 약안이 빅비 치사흐고 공문을 어더 품에 품고 장군을 하즉흔 후군졸을 영슐흐고 시룡촌을 힝흐여 가니라

정히 이 장군은 한갓 셩 직힐쎄만 잇거늘 녀조는 다만 원나라 다 구홀 공을 일우고자흐도다

대 오 회

각셜 셔력 일쳔구빅이십구년 ᄉ월에 약안이 황금 갑쥬와 빅마 우창으로 일즁되를 거느리고 수십리를 힝흐다가 시룡촌에 당도흐여 국왕 젼에 뵈옵기를 쳥흔디 이씨 법왕 사이 대쳘이 별셔 드른즉 엇더흔 영웅 녀조가 군스를 일으켜 나라를 구흔다흠으로 십분 깃버흐더니 이날

뫼옵기를 쳥ᄒ매 왕이 그 녀ᄌᆞ가 련신을 쳥탁ᄒᆞᆫ다는 말을 듯고 혹

요괴ᄒᆞᆫ 슐법으로 셰샹을 속이는가 의심ᄒᆞ여 그 진위를 알고쟈ᄒᆞ여 의

복을 버서 다른 신하를 입히고 왕의 샹좌에 안쳐 거즛 왕을 ᄭᅮ미고

왕은 신하의 복쟝을 입고 졔신의 반렬에 셕겨 분변치 못ᄒᆞ게 ᄒᆞ고

약안을 불러 들인ᄃᆡ 약안이 들어오다가 뎡당 우에 안즌 거즛 왕에게

는 가지 안코 곳 졔신들 잇는 반렬에 들어와 참 국왕을 보고 직비ᄒᆞ

거ᄂᆞᆯ 왕이 거즛 놀나는 쳬ᄒᆞ여 랑ᄌᆞ가 그릇 왓도다 ᄒᆞ며 당샹을 가

ᄅᆞ쳐 져 우에 용포 입고 안즈신 국왕폐하게 ᄇᆡ오라 ᄒᆞ는 안이로라 ᄒᆞᆫ

ᄃᆡ 약안이 업ᄃᆡ여 엿즛오ᄃᆡ 쳔ᄒᆞᆫ 녀ᄌᆞ가 감이 련신의 명을 밧ᄌᆞ와 왓

ᄉᆞ오니 아모리 폐하게서 의복을 변ᄒᆞ여 슬지라도 엇지 모를 리가 잇

ᄉᆞ오리가 왕이 그졔야 약안의 셩명과 거쥬를 무르시고 그 ᄯᅳᆺ을 알

고쟈 ᄒᆞ거ᄂᆞᆯ 약안이 ᄃᆡ답ᄒᆞ되 쳔ᄒᆞᆫ 녀ᄌᆞ는 동이미 농가의 녀ᄌᆞ온ᄃᆡ

일홈은 약안. 아이격이요 나는 심구셰요 어려서 부터 련신의 명을 바

다 법국의 지앙을 구원ᄒᆞ며 ᄃᆡ왕을 위ᄒᆞ여 덕국을 소탕ᄒᆞ고 리복 ᄯᅡᆼ

을 회복ᄒᆞ고 폐하를 힝크자ᄒᆞᄂᆞᆫ이다 ᄒᆞ고 인ᄒᆞ여 약안의

포다리고 쟝군의 공문을 들인ᄃᆡ 왕이 그졔야 진심 인줄 알고 약안의

손을 잡고 가ᄅᆞ되 법국 사람이 다 랑ᄌᆞ ᄀᆞᆺᄐᆞ면 엇지 회복ᄒᆞ기를

19

근심ᄒᆞ리오 ᄒᆞ고 못ᄂᆡ 차탄ᄒᆞ시니 원ᄅᆡ 법국의 법에 왕이 즉위ᄒᆞ면

반듯이 가면의 례를 ᄒᆡᆼᄒᆞ되 력ᄃᆡ로 즉위ᄒᆞᆯ ᄯᆡ마다 ᄅᆡ목ᄉᆡᆼ에서 ᄒᆡᆼ치

이ᄯᆡ 그 ᄊᆡᆼ이 영국에게 ᄲᅢᆺ긴바 되어 왕이 가면의 례를 ᄒᆡᆼ치

못ᄒᆞᆷ으로 약안이 글로 고ᄒᆞᆷ이라 이에 좌우 졔신이 다 서로 말ᄒᆞ되

상ᄃᆡ게서 법국을 위ᄒᆞ여 이 녀ᄌᆞ를 보내어 나라를 즁흥케 ᄒᆞᆫ이라ᄒᆞ더

라 ○ 션시에 법국 ᄉᆞ이왕 ᄃᆡ칠이 남방에 파젼ᄒᆞ여 각쳐 패ᄒᆞᆫ 군ᄉᆞ를

거두니 ᄃᆡ략 삼쳔여명이라 이날 왕이 그 패병 삼쳔명으로 황금갑쥬와

하에 부터시고 약안을 봉ᄒᆞ여 ᄃᆡ원슈 녀장군을 삼으시며 황금의 휘

비단 국긔와 ᄯᅩ 몸긔 한아를 주시니 그 몸긔에는 텬쥬의 화상을

그리어 황금 진쥬에 들 ᄰᅢ마다 손에 드는거라 약안이 원융의 단에

올라 미양 갑쥬와 븕은 포를 입고 우슈에 장검을 들고 좌슈에 몸긔를

잡아 엄연히 ᄃᆡ장긔 알애 안자스니 그 긔에 황금 ᄃᆡ즈로 ᄃᆡ법국 ᄃᆡ

원슈 녀장군 약안이라 삭여 더라 원슈 비록 안약ᄒᆞ 녀ᄌᆞ의 몸이나

무긔와 융장을 단속ᄒᆞ고 장단에 노피 오르니 그 위엄이 엄슉ᄒᆞ고 풍

쳐가 름ᄉᆞᆷᄒᆞ여 진시 녀장부의 풍신이 인ᄂᆞᆫ지라 이날 ᄌᆡ장 군졸을 불

러 일졔히 뎜고ᄒᆞ고 무긔를 조련ᄒᆞ니 군ᄉᆞ가 다 원슈의 신통ᄒᆞᆫ 도략

울 복죵ᄒᆞ여 용밍이 빅빅나 ᄯᅥᆯ치니 보는 사람마다 칙ᄉᆞ 칭찬 안이ᄒᆞᆯ이

엎더라 졍히 원융은 본시 나라를 평안이 흘뜻이 간졀ᄒᆞ고 제쟝은 기피 나

라를 사랑ᄒᆞ는 맘이 가득ᄒᆞ도다

대 륙 회

각셜 이ᄯᅢ 법국은 아죽 죵고 시딕라 사람마다 텬신을 슝샹ᄒᆞ고 죵

교에 침혹ᄒᆞ니 이는 미ᄭᅢᆯ혼시딕 에례소라 약안의 일홈이 셰샹에 진동

ᄒᆞ야 ᄋᆞ둉쥬죨이라도 모르는쟈가 업서 혹은 말ᄒᆞ기를 텬신이 셰샹에나

려와 법국을 구혼다ᄒᆞ며 혹은 요괴혼마귀가 스술로 사람을유혹

혼다 죵々의론이 소방에 분々혼지라 원슈가 인심이 이러ᄒᆞᆷ을 알고

불가불 의로 인심을겨발ᄒᆞ고 분운혼론란을 바르게 ᄒᆞ리라ᄒᆞ여 일쟝

겨셔를 지어 동구대도에 게시ᄒᆞ고 각디방에 젼파ᄒᆞ니 그 겨문에 ᄒᆞ엿

스되

슬프다 법국이 불힝ᄒᆞ여 죵소가 엎더지고 빅셩이 류리ᄒᆞ며 도셩이

함몰ᄒᆞ고 님군이 파쳔ᄒᆞ시니 진실로 우리 나라 빅셩이 와신샹담ᄒᆞᆯ

ᄯᅢ라 나는 어려서 상대의 명을 밧들고 츙의ᄉ 마음을 품어 감

히 의병을 모집ᄒᆞ여 고국을 회복ᄒᆞ고 강혼 덕국의 원슈를 썻으며

동포의 환란을 구원코쟈ᄒᆞ노니 모든 우리 법국의 인민은 다 이국

ᄒᆞᆫ는 의무를 담당ᄒᆞ고 맛당히 도젹을 물리칠 졍신을 ᄯᅥᆯ쳐 소문을

듯고 흥긔ᄒᆞ며 격셔를 보고 소리를 응ᄒᆞ여 밋쳔 물결을 만류ᄒᆞ

고 거룩ᄒᆞᆫ 소업 을일울지어다 슬프다 우리 동포여

이 ᄯᅵ 각쳐에셔 인민남녀들이 격셔를 보고 의국의 ᄉᆞ상을 분발ᄒᆞ여

통곡ᄒᆞ는 자가 만하 한번 약원슈 보기를 텬신ᄀᆞ티원ᄒᆞ는지라 원슈가 이

소문을 듯고 심중에 깃거ᄒᆞ여 ᄯᅩ한 방쳑을 ᄉᆡᆼ각ᄒᆞ되 오날ᄉᆞ 인심이

저러 듯이 분발ᄒᆞ나 우리 나라 회복ᄒᆞᆯ 긔틀이 잇슬가ᄒᆞ나 다만 셰

상사람의 심장을 측량치 못ᄒᆞ니 인심이 민양 리해셰력에 쏠려 나라의 욕

될줄 모르고 덕국에 항복ᄒᆞ며 부티는 자가 만흐니 내 맛당히 오날 군

ᄉᆞ위엄이 ᄯᅥᆯ치고 날낸 긔운이 ᄉᆡᆼ활 시긔를 타셔 한 밧탕 연셜로 인

심도 고동ᄒᆞ고 군ᄉᆞ의 츙의도 격발케ᄒᆞ며 일변으로는 국민된자로ᄒᆞ여곰

렴치를 알고 외인의 로례됨을 부그런줄 알게ᄒᆞ며 ᄯᅩ한 덕국으로ᄒᆞ

여곰 우리 법국도 인물이 잇셔 남이 개와 돗ᄀᆞ티 보지안케ᄒᆞ리라ᄒᆞ고

즉시 군정관을 불러 각쳐에 개방ᄒᆞ고 글을 나려 ᄉᆞ방애 통지ᄒᆞ되

금년 오열초길에 시룡촌들박게 나아 가 일장 연셜회를 열터이라ᄒᆞ되

이군령이 한번 나리매 소문이 젼파ᄒᆞ여 각 도각 군에셔 무론 남

녀로쇼ᄒᆞ고 셩군졀디ᄒᆞ여 약원슈의 연셜을 듯고자ᄒᆞ는지라 이 ᄯᅵ 영국

에 항복훈 법국 장관이며 각 디방 관찰소와 군슈와 일반관원들을 다

젼과 그리 그대로두고 한아도 고치자안이ᄒ고영국의 명령을 바다

경탐노릇ᄒ더니 호련 비상훈 녀장군이 나서 허다괴묘훈 일과 신통훈술

법이 잇다ᄒ매 모도 위원 한아식 비밀이 파송ᄒ여 그 거동을 살피는

지라 ᄯ 영국 군즁에서도 벌서 약원슈의 이ᄀ티 신긔훈 소문을 들엇

슬터이나 다만 아리안 셩이 굿게 직혀 속히 쌔앗지못ᄒᆷ으로 각쳐에

잇는 군ᄉ를 일졔히 모아 ᄉ리안을 합력공격ᄒ는지라 그럼이로다른듸

겨를이업스며 ᄯᄒ 약원슈는 일기 유약훈 녀즈라 조곰도 유의쳐안이

ᄒ으로 원수의 힝동을 조유로 두어 방비처 안이훈 ᄯᆷ에 약원슈는

그 긔틀을 어더 필경 대 공을 일움이라 엇지 하놀이라안이ᄒ리오

경히 이, 창즛에 가득훈 더은 피가 눈물을 일우거늘 한폭산하를

참아 남에게 부타랴

데 칠 회

차셜 이ᄯ 연셜홀 긔한이 이르매 약원슈가 군ᄉ를 불너 연셜쟝에

나아가 포쳐를 졍졔히ᄒ고 셕쟝을 슈츅ᄒ니 그 연셜쟝은 십분광활ᄒ

여 가히 수십만명을 용납홀만ᄒ고 ᄯᄒ 연셜되는 그즁간에 잇는듸 뎐

셩으로 된 조고마흔 돈되라 돈되 우에는 나무 수풀이 잇서 푸른가지

는 하늘을 더 펏고 무르 녹은 그늘은 일광을 가려는자라 스방에서 관

망긔도 조흐며 쏘흔 이 씨는 오월 텬긔라 졍히 노는 사람에 합당

흠으로 방텽흐는 남녀로쇼가 원근을 불게흐고 인산인해를 일우어 십히

초쟝에 사람 셩을 둘렷는자라 이 날 상오 십졈죵에 이르매 원슈가

연셜되에 오르니 남녀인민의 분잡흠과 헌화흐는 소리 졍히 번꽐흘지

음에 홀연 방포 일셩에 여러 귀를 씨어 쟝즁이 졍슉흐되 국긔를 노피

달고 일긔 미인이 머리에 게화관을 쓰고 몸에 빗금포를 입고 손에

몸긔를 두르며 붉은 라샹은 싸에 싈리고 비단 요되는 남풍에 표불

흐니 완연이 보름달 빗과 구슬광최 구티 찬란흐게 연셜쟝즁으로 쏘여오

매 원 쟝즁 수십만 사람의 두 눈빗을 모도 모아서 한 사람의 몸

덩이 우에 물대듯흐며 모다 흐는말이 저 녀쟝군이 참 졀얄 소문과 구타

신긔흐고 이샹흔 녀즈로다 평일에 쇼다온 일홈을 여러번 익히듯고

한번 보기 소원 일너니 오날이야 그 아름다온 용모를 보며 참 텬샹

의사람이라 셰샹에 엇지 저러흔 인물이 쏘 잇지오 우리가 조고

히 공경흘 마음이 싱기도다 흐며 일졔히 쟝즁이 졍슉흐고 텬샹 귀를

기우려 연셜 듯기를 밧바흐더니 이 씨 원슈가 몸긔를 두르며 한졈

24

잉도갓튼 입슐을 열고 삼촌련 닷갓 튼 혜를 흔들어 두 줄기 옥

을새치는 소리로 공즁을 향ᄒᆞ여 창쟈에 가득흔 렬심ᄒᆞᄂᆞᆫ 피을 토ᄒᆞ니

그 연셜에 가ᄅᆞᄃᆡ

우리 법국의 동포 국민된 유지ᄒᆞ신 졔군들은 조곰 심각ᄒᆞ여 보시

오 우리 나라가 엇더케 위틴ᄒᆞ고 쇠약흔 디경이며 오날ᄉᆞ 무슨

토디가 잇셔 법국의 ᄯᅡᆼ이라 ᄒᆞ겟소 북방 모든 고을은 다

영국의 ᄲᅢ앗긴바 안이요 남방에 잇는 고을은 다만 한낫 아리안

셩을 의지ᄒᆞᆼ지 안이ᄒᆞᆼ엿소 이 한 셩도 불구에 함몰을 디경에 이

르엇스니 만일 이 셩 곳 일흐면 법국의 죵ᄉᆞ가 젼슈히 멸망ᄒᆞᄂᆞᆫ

날이 안이요 ᄯᅩ흔 우리 국민이 모도 남의 노례와 우마가 되ᄂᆞᆫ날

이 안이요 다 아르시오 대뎌 텬하 만고에 가쟝 쳔ᄒᆞ고 붓그럽고

욕되ᄂᆞᆫ 것이 남의 노례가 이 안이요 국가가 한번 망ᄒᆞ면 인민이

다 노례가 될것이요 한번 노례가 될디경이면일평싱을 남에게 구박

과 압졔를 입어 영히 하ᄂᆞᆯ ᄉᆞ을 볼 날이 업지안소 심지어 지물

과 산업도 필경 남에게 ᄲᅢ앗긴바가 될것이요 조션에 분묘도 남에게

파냄이 될것이요 나의 쳐ᄌᆞ도 남에게 음욕을 당ᄒᆞᆯ것이니 이굽나

라를 보앗소 녯날에 유래국 사람을 엇더케 참혹히 ᄃᆡ졉ᄒᆞᆼ엿소이

25

것이 다 우리의 거울 홀것안이요 저러흔 스졍이 다 유래국 스긔

에 조셰히 잇지안이흐오 우리 나라도 비록 이 디경이 되엿스나

여러 동포가 동심 협력흐여 발분진긔흐면 오히려 일릭 싱긔가 잇

겟거놀 만일 인민이 다 노례가 되고 토디가 다 졈탈흘씩를 기드

려그제 야 회복을 도모코자흐면 그 씩는 후회흔들 흐수업슬지라

그런고로 내가 오날々 요긴흔 문데 한아가 잇서 여러분에게 질문

코자흐노니 여러분들은 독립 즈유의 인민이 되기를 원흐느뇨 그러

치안으면 쳔흥고 렴의업는 남의 노례가 되고자흐는가

이 말에 이르러서는 왼 장즁이 모도 괴々흥면서 머리 털이 하늘을

가르치고 눈 빗이 횃불フ트며 다 소리를 질러 フ른디 결단코 안이흐겟

소 결단코 안이흥소 우리들이 엇지 외인의 노례를 지으리오 차라

리 함게 죽을지언졍 노례는 안이되겟소흐는 소리 만장일치로 써드는

지라 약원수가 인심이 저러듯이 감동되여 모도 열셩이 솟아남을 보고

상을 크게 치며 소리를 질러 다시 연셜흐되

동포졔군께서 임의 노례되는것이 붓그러운 욕 되는줄 알으시니 이

러듯 조혼일이 업느이다 그러나 다만 붓그러운 욕 되는

기만흐고 셜혼흘 싱각이 업스면 모르는 사람과 일반이 안이요 대

범 셰계샹에 엇던 나라사람이던지 진실로 인민된 칙임을 다 ᄒ여
야 당연ᄒᆫ 의무가 안이요 그러ᄒᆫ고로 나라의 원슈와 붓그럼이 잇스
면 이는 곳 왼 나라 빅셩의 원슈요 붓그럼이안이겟소 ᄯᅩᄒᆫ 왼
나라 사람의 함게 보복ᄒᆯ일이 안이오 이럼으로 유명ᄒᆫ 졍치가의
말이 모든 국민된쟈는 사람ᄉᆞ이 모도 군ᄉᆞ될의무가 잇다ᄒᆞ니 그
말이 웬말이요 사람이 싱겨 국민이 되면 사람마다 쥬권에 복죵
ᄒᆞ며 사람마다 군ᄉᆞ가 되여 나라를 갑는것이 당연쳐 안이ᄒᆞ오 이
것은 즈긔의 몸과 힘으로 즈긔의 셩명과 지산을 보호ᄒᆞᆷ과 일반이
오그런고로 나라의 붓그럼과 욕을 씻는것은 곳 즈긔 일신의 붓그
럼과 욕을 씻는것과 일반이요 이것은 우리 국민된 쟈가 사람ᄉᆞ
이다 맛당히 알 도리가 안이겟소 ᄯᅩᄒᆫ 오날ᄉ 이러ᄒᆫ 시국을
당ᄒᆞ여 엇더ᄒᆫ 영웅호걸 에게 이러ᄒᆫ 칙임을 맛겨두고 우리는 일
신을 편이 잇기만 싱각ᄒᆞ고 마음이 재가되며 뜻이 식어 슬피 탄
식만ᄒᆞ고 나라의 위틱ᄒᆞ고 망ᄒᆞ는것만 한탄ᄒᆫ들 무엇에 유익ᄒᆞ며
무슨 란을 구ᄒᆞ겟소 ᄯᅩᄒᆫ 그러쳐안코 보면 엇던 사람은 럼치를
일코 욕을참으며 붓그럼을 무릅쓰고 뎍국에게 황복ᄒᆞ여 외인의
게와 도야지됨을 달게역이니 이러ᄒᆫ동분ᄒᆫ일이 ᄯᅩ잇소 대뎌 나라의 흥

27

망은 스셰의 셩패의 달리지안코 다만 인민긔운의 강약에 달렷느니

쳥컨딕 고금력스의 긔록혼 스젹을 보시오 한번 멸망혼 나라는

쳔빅년을 지내도록 그 빅셩이 능히 다시 회복홀

누잇가 이런 즁거가 쇼연치안소 그런고로 오날스 우리들이 동심동

력호여 열심을 분발호면 엇지 붓그럼을 씨슬 날이 업게소 나라

위엄을 뜰치고 나라 원수를 갑는것이 우리들의 열심에 달렷소 제군

스스이여 임의 남의 알익에 굴복지 안이홀 뜻이 잇스진딕 반듯이

일을 호여보아야 참 굴복지 안이호는것이 안이오 제군들은 싱각

홀 오 우리 나라가 이 디경되여 위퇴홈이 죠셕에 잇스니 만약 아

리안 셩을 한번 일흐면 우리 나라는 결단코 보젼치 못홀지라 그

째가 되면 제군의 부모 쳐즛가 반듯이 남의 룡욕을 당홀것이오

제군의 저산 분묘가 반듯이 남에게 탈취혼바가 될것이니 그 째에

이르러셔 남의게 우마와 노례가 안이되고자호여 도홀수업스리다 상담에

이르기를 눈업는 사람이 눈업는말을 타고 밤중에 기푼 못에 다

닷는다호니 만일 훈번 실족호면 목숨이 간곳 업슬지라 정히 오날

스 우리를 위호여 호는말안인가 만약 급속히 일심으로 조긔의 셩

명을 노코 덕국과 항거치 안이호면 이 수치를어늬 쌔에 씻으리

가 어셔 ᄉᆞᄉ 쳔사람이 일십ᄒᆞ고만사람이 동셩ᄒᆞ여 사람마다 죽을

ᄡᆞ을 두어 가마를 셔치고 배를 잠가셔 한번 분발ᄒᆞ면 영국이

비록 하늘 ᄀᆞ든 용략이 잇드래도 우리 나라이 엇지 뎍국에게 압

복ᄒᆞᆯ 바가되리오 제군 ᄉᆞᄉ이여 만약 살기를 탐ᄒᆞ고 죽기를 겁내

여 나라 망ᄒᆞᆯ ᄣᅢ에 당도ᄒᆞ면 남의 학ᄐᆡ즛심ᄒᆞ여 살기에 괴로음이

돌로여 죽어 모르는것만 못ᄒᆞᆯ지니 나는 본리 궁항벽촌에 일기

외롭고잔약호 녀ᄌᆞ로셔 지됴와 학식도 업스나 다만 나라의 위틔홈

을 동분히역여 국민된 한 분즈의 의무를 다ᄒᆞ고자ᄒᆞᆷ이요 참아우

리 국민이 남의 우마와 노례됨을 볼수 업셔 이ᄀᆞ티군즁에 몸을

던졋느니 다ᄒᆡᆼ이 라비로 장군의 은덕으로 나의 고심혈셩을 살피시

고 날로ᄒᆞ여곰 군ᄉᆞ의 참예케ᄒᆞ시니 오날ᄉᆞ 제군으로 더불어 이

ᄣᅢ에셔 셔로 보매 나는 결단코 제군ᄉᆞᄉ이여 임의 의국심이 잇슬진

우리 국민을 보젼코자ᄒᆞ노니 밍셰ᄒᆞ기를 몸으로 나라일에 죽어 바라

되 과연 엇지ᄒᆞ면 조흘고 긔묘호 방칙으로 가ᄅᆞ침을 바라 바라

노라

약원수가 연셜을 맛치지못ᄒᆞ여 두 눈에셔 눈물이 비오듯 흐르면셔 일

장방셩 통곡ᄒᆞᆫ되 여러 방텽ᄒᆞ던 사람들이 모도감동ᄒᆞ여 익통ᄒᆞ며 덥은

29

피가 등ᄉᆞᄒᆞ여 챠탄홈을 말지 안아ᄒᆞ여 가르ᄃᆡ 원수는 불과 일기 연

약혼 녀ᄌᆞ로셔 져러혼 익국열심이 잇거ᄂᆞᆯ 우리들은 남ᄌᆞ가 되어 대쟝

부라ᄒᆞ면셔 돌오여 녀ᄌᆞ만 엇지 붓그럽지안이ᄒᆞ리오 ᄒᆞ면셔 스

소로 싹짓는자와 한탄ᄒᆞ는자와 동곡ᄒᆞ는자와 주먹을 처고 손바닥을 뷔

비며 살지 안코자 ᄒᆞ는자들이 일졔히 소리질러가르ᄃᆡ 우리들이 오날은 우

밍셰코 반듯이 나라와 한가지로 죽을것이요 만약 나라가 망ᄒᆞ면 우

리 단졍코 살지 못ᄒᆞ리라 ᄒᆞ면셔 일시에 여러남녀가 흙ᄉᆞᄒᆞ여 조수밀

듯 셈물솟듯 익국열셩이 스면에 이러나셔 다 이원슈의 취하에 군ᄉᆞ되

기를 조원ᄒᆞ니 그 형졔 심히 광대ᄒᆞ더라 박만 무리가 뎍국물리

졍히 이 일긔 녀ᄌᆞ가 익국셩을 고동ᄒᆞᆫ디

칠긔운이 ᄯᅳᆯ치도다

뎨 팔 회

각셜 이ᄯᅢ 연셜쟝에셔 여러 인민들이 일졔히 약원수의 군ᄉᆞ됨을 조

원ᄒᆞ는자가 분ᄉᆞᄒᆞ거ᄂᆞᆯ 원수가 일러가르ᄃᆡ 그ᄃᆡ들이 이졔 군중에 들어

와 나라를 위ᄒᆞ여 전쟝에 나가고자홀진ᄃᆡ 맛당히 죽기를 동밍ᄒᆞ고

고 일심병력ᄒᆞ여 뎍군을 파홀지니 오날부터 항오를 차려 군령을 북종ᄒᆞ

고 긔률을 문란치말라 ᄒᆞ고 이날 힝군홀새 원군 촌락에 잇는 빅셩

30

들이 량초와 긔게동쇽을 가지고 모도 원수의 군즁에 밧치는자가 락역

부졀업더라 원수가 아리안 십이박게 이르러 진을 머물고 덕진을

살펴보니 만산편야ᄒ것이 다 영국 군병이라 긔처창검은 일광을 가리고

금고함셩은 텬디진동ᄒ는듸 일편 외로온 셩에 살긔 참담ᄒ지라 원수가
제장을 불러 상의ᄒ되이제 영군의 형셰 심히 굉장ᄒ여 낫々이 날뉘

고 싸홈 잘 ᄒ는 군々뿐더러병긔도 다 졍리ᄒ니 형셰로ᄒ면 능히
익이지 못할지라 우리는 다만 익국열혈로 빈 쥬먹만 쥐고 죽기를

무릅써 일졔히 아프로 나아 갈싸름이니 비록 갈과 창이 수풀굿고 할
살과 탄환이 비오듯ᄒ지라도 한 걸음도 물리갈 싱각 말고 다만 아

프로 나아가쟈고 각々 군장을 단쇽ᄒ여 덕진으로 달려드니 사람마다
일국ᄒ는 열혈이 분발ᄒ여 쥭을 마음만 잇고 살 싱각은 업스매 날

낸 긔운이 츙텬ᄒ여 한아이 박을 당ᄒ듯ᄒ지라 영국 군々가 아모리
만코 날내나 이러케 쥭기로 싸호는 사람을 엇지 당ᄒ리오 원수의 들어오는

형셰 바다에 조수밀듯ᄒ매 영국 군々가 조연 한 편으로 헤어지며
분々히 흐티지는지라 ○각셜 이씨 아리안 셩이 에음을 입은지 임의

일곱 달이라 타쳐 군々가 구원치안코 군량오는 길도 신허져 쟝졸이
다 줄이고 곤핍ᄒ여 형셰 심히 위틱ᄒ니 쟝초 죠셕에 함몰홀 디경

31

이라 비호로 공작이 근심을 익이지못ᄒ여 홀로 셩루에 올나 뎍진을
살피더니 홀연 엇더ᄒ 장수가 금ᄀᆡ은갑으로 빅마에 노피 안자 우수
로 쟝검을 두르며 좌수로 몸긔를 집고 군ᄉ를 몰아 비호 ᄀᆞ티 들어오
니 영국 군ᄉ 분ᄉ히 츄풍락엽쳐름 흐터지며 물결ᄀᆞ티 헤어지는지라
공작이 크게 놀나 의심ᄒ되 엇더ᄒ 장수가 저러듯이 영웅인고 혹 ᄉᆡᆷ
인가 눈을 씻고 ᄌᆞ셰히 살피니 녀장군이 분명ᄒᆫ지라 대단 의심
흘지음에 원수 벌셔 셩문에 이르엇 는지라 공작이 급히 문을 열고
원수를 마자 젼후ᄉ졍을 낫ᄉ치 들으매 모도 원수의 익국츙의를 흠탄
ᄒ여 가ᄅᆞ디 원수는 쳔고 녀즁 영웅이요 결졔 호걸이라 원수 곳 안
이면 우리 아리안 셩즁 사람은 다 도마우에 고기가 될것이오 법국이
다 멸망ᄒᆞᆯ것을 하눌이 원수를 보내사 우리 법국을 구졔ᄒ심이라ᄒ고
인ᄒ여 손를 잡고 술을 내여 군졸을 다ᄒ여 뎍병을 소탕ᄒ고 강로
아즉 셩외에 잇스니 내 맛당히 힘을 다ᄒ여 뎍병을 쇼탕ᄒ고 즉시
ᄒᆞᆫ 회복ᄒ 후에 국왕을 밧들고 군신이 일테 쾌락ᄒᆞᆯ리라ᄒ고 즉셔
를 황금갑을 입고 빅마에 올라 우수에 갈을 잡고 좌수에 몸긔를 들어
군ᄉ를 지휘ᄒ며 셩문을 열고 내달아 좌ᄒ우동ᄒᆫ딕 영국 장군이 군ᄉ
를 난화 좌우 날개를 벼풀고 마자 ᄧᅡᆼ호거ᄂᆞᆯ 원수가 긔병을 몰아 그

32

즁간으로 츙돌ᄒᆞ되 영국 장ᄉᆞ가 다라ᄋᆞ 원슈를 사로잡고자ᄒᆞ여 ᄉᆞ면

으로 분쥬ᄒᆞ니 원슈는 몸이 나는 졔비 ᄀᆞ티 ᄯᅱ어지니 영국장졸은 졍신이 번듯 칼

빗이 번듯ᄒᆞ면 뎍병의 머리 락엽 ᄀᆞ티 ᄯᅥ러지니 영국장졸은 졍신이

현란ᄒᆞ여 잔이 어지럽고 항오를 일는지라 원슈가 그졔야 긔병을 돌려

좌우로 치고 ᄯᅩᄒᆞᆫ 보병을 불러 압뒤로 지치니 영국이 대패ᄒᆞ여 분

ᄉᆞ히 도망ᄒᆞ는지라 원슈가 그 군량과 긔계를 모도 ᄲᅢᆺ아 셩즁에 들

인ᄃᆡ 셩즁장졸이 오래 주리다가 무수ᄒᆞᆫ 량식을 보고 ᄯᅩᄒᆞᆫ 영군의 패

흠을 보민 만셰를 부르는 소리 우뢰 ᄀᆞ티 일어나며 용밍이 빅빅 더

ᄒᆞ더라 원슈가 이튼날 ᄯᅩ 영군과 싸화 수십합에 영군이 ᄯᅩ 패ᄒᆞ여

도망ᄒᆞ거늘 원슈 장ᄉᆞ를 거ᄂᆞ리고 뒤를 조차 츙돌ᄒᆞ다가 별안간 복병

이 일어나며 활이 비오듯ᄒᆞ되 원수가 겁닉지안코 좌우로 음살ᄒᆞ더니

훌연 활쌀이 날아와 원 팔을 맛치미 연수가 말게 ᄯᅥ러지니 영국장

수가 원수의 가진 몸긔를 ᄲᅢᆺ아 도망ᄒᆞ는지라 원수 훌연 몸을 소쳐

말 안장에 ᄯᅱ어 오르며 손으로 활 쌀을 ᄲᅢ아 버리고 금포 자

락을 ᄯᅵ져 팔을 ᄊᆞ고 나는 듯이 말을 달려 영국 장수를 버히고 몸

긔를 도로 ᄲᅢ앗아 본 진에 돌아 오니 량국 군ᄉᆞ가 바라 보다가 장

모도 이르되 원수는 귀신이요 사람이 안이라ᄒᆞ더라 이ᄯᅢ 영국 새가로

군이법국에게 여러번 패ᄒᆞ미 필경 익이지 못ᄒᆞᆯ쭐알코 남은 군ᄉᆞ를 거

두어 라ᄋᆞ로하를 건너 도망ᄒᆞ니 이ᄶᅵ는 일쳔ᄉᆞ빅이십구년 오월 팔일

이라 이에 아리안 셩에 에움을 푼지라 법국 사람들이 약원슈의 공을

싱각ᄒᆞ여 약원슈의 별호를 아리안이라 부르고 큰 비를 셰워 약원슈의

·공을 사여 쳔츄만셰에 긔렴ᄒᆞ며 손을 잡고 술을 비져 삼일을 대연ᄒᆞ

고 만셰를 부르며 무한이 즐기며 일로브터는 원슈의 명령을 복죵ᄎᆡ

안이ᄒᆞ는쟈가 업더라

졍히 일죠에 능히 즁흥ᄒᆞᆯ업을 심으매 만셰에 오래 불망ᄒᆞᆯ 비를

세웟도라

졔구회

챠셜 아리안 셩즁이 약슈를 위ᄒᆞ여 삼일을 대연ᄒᆞ고 군ᄉᆞ를 쉬더니

이ᄶᅵ 일원슈가 가르되 지금 우리 대왕이 아즉 가면의 례를 힝치못ᄒᆞ엿

스나 내 맛당히 하슈를 건너 영군을 소탕ᄒᆞ고 리목 셩을 차자 대왕

의 죽위례를 힝ᄒᆞ리라ᄒᆞ고 즉시 군ᄉᆞ 수만을 잇글고 하슈를

건너 리목 셩을 향ᄒᆞ니 이ᄶᅵ는 츄 칠월망간이라 츄풍은 삽ᄉᆞᄒᆞ고 로

화는 챵ᄉᆞᄒᆞ되 한 곳에 당도ᄒᆞ니 남녀로쇼 슈쳔명이 슈풀 알에 누어

호곡ᄒᆞ는 소리 심히 슬픈지라 원슈가 그 연고를 물은즉 모도 통곡ᄒᆞ여

가르티 우리는 다 아모 고을에 사옵더니 태슈가 영국에 항복ᄒ엿슴으
로 영군을 몰아 성즁에 두고 빅셩의 량식을 탈취ᄒ며 부녀를 겁간ᄒ
여 부지힐 길이 젼혀 망연ᄒ옵기로 우리가 일졔히 남부녀딕ᄒ고 각ᄌ도
셩ᄒ여 장ᄎ 아리안 셩으로향ᄒ더니 즁로에서 긔갈이 ᄌ심ᄒ여이 곳에
누엇ᄂᆞ이다 ᄒ거늘 원슈가 이 말을 듯고 측연이 역여 량식을 주어
긔갈을 면케ᄒ고 군ᄉᆞ를 명ᄒ여 아리안셩ᄭ지 호송케ᄒᆞᆫ후 그날 밤 삼
경에 영군의 진에 달녀들어 음살ᄒᆞᆯ새 원슈가 셥봉이 되어 츙돌ᄒᆞ되
영군이 대패ᄒ여 스방으로 흣터지는지라 원슈가 뒤를 조ᄎᆞ 크게 파ᄒ
고 영국 대장 대이박을 사로잡고 셩에 들어 가 인민을 위로ᄒᆞ며 어
루만지고 항복훈 관원을 잡아 군문에 효시ᄒᆞ니 죽이니 군ᄉᆞ 위엄이 크게
리목 셩을 파ᄒᆞ고 영국 군ᄉᆞ를 무수히 업서 영국 군ᄉᆞ를 일병 구츅
진동ᄒᆞᆫ지라 힝ᄒᆞᆫ는 곳마다 덕덕힐이 와 항복ᄒᆞᆫ는쟈가 분ᄉᆞᄒᆞ며 셩
ᄒᆞ니 스방이 풍셩을 바라고 돌아 ᄎᆞᄌᆞ 거의 강토를 회복ᄒᆞᆫ지라
을 다시 찻고 항복ᄒ엿던 고을들 도로여 이룰어장ᄎᆞ 가면의례를 힝ᄒᆞᆯ새 날을
이에 원슈 법국왕을 마자 리목에 이룰어 장ᄎᆞ 가면의례를 힝ᄒᆞᆯ새 날을
나려 왕의 가면쥼을 반포ᄒᆞ니 이ᄯᆞ 각군 각셩에 글을
퇴졍ᄒᆞ니 곳 동 십월 팔일이라 원슈가 각도 각군 각셩에 글을
나려 왕의 가면쥼을 반포ᄒᆞ니 이ᄯᆞ 각 ᄃᆞ방에 잇ᄂᆞᆫ 관원이나 빅셩

둘이 다만 영국잇는줄알고 영국 군스에게 복종ᄒᆞ여 법국왕 잇슴을 모

르더니 이제 공문이 전파되매 비로소 국왕이 잇는 줄 알고 ᄯᅩ흔 원

슈의 위엄을 두려ᄒᆞ여 다토아 죠회ᄒᆞ니 일로부터 각성이 법

국 명령을 밧들고 비로소 동ᄒᆞ는지라 ○ 차셜 왕이 가면 의례를 힘ᄒᆞ고

고 왕위에 나아가매 약안을 봉ᄒᆞ여 공작을 삼아 상경의 위에 쳐ᄒᆞ고

귀족에 참예케ᄒᆞ되 약안이 군복을 입고 몸긔를 잡고 엄연히 왕의

좌우에 뫼시매 법국 사람이 보는쟈마다 눈물을 흘리며 서로 경스물

일컷더라 하로는 약안이 부모를 싱각ᄒᆞ고 돌아 가고자ᄒᆞ여 왕게 ᄒᆞ직

ᄒᆞ여 가르되 신이 본리 향곡에 빈흔흔 일기 녀즈로 군졀이 나라원슈

기픔을 갑고 다만 소신 한낫 녀즈뿐이온되 나왓스오나 ᄒᆞᆫ은 부모는 달

은 즈녀업숩고 ᄯᅩ흔 쳔흔 녀식을 싱각ᄒᆞ는 마음이 쥬야로 군졀ᄒᆞᆯ쟈라 엇지 소졍에

결박지 안이ᄒᆞ오리가 이제 텬힝으로하ᄂᆞᆯ이 도으시고 폐하의 넙으신 복

으로 아리안 셩을 구졔ᄒᆞ고 일흔 강토를 래반이나 회복ᄒᆞ고 영국의

장졸을 무수히 구츅ᄒᆞ여 붓그름을 조곰씻엇스오며 리복 셩을 차자 패

하게서 즉위ᄒᆞ샤 가면의례를 힝ᄒᆞ셧스오니 신의 지원을 조곰 일운지라 폐하는 성각

오날은 고향에 돌아 가 부모를 섬기랴ᄒᆞ오니 바라옵건되 폐하는 성각

호읍소셔 호고 눈물이 잠소이 흘러 라삼을 젹시는지라 법왕이 군졀히
만류호여 가르듸 경이 안이면 짐이 엇지 오날스잇스리오 경의 은
혜 하히구트나 다만 경 곳 엽스면 뎍병이 또 들어 와 분탕을것이요
지금 신지 파리 셩 이나 회복호고 돌아가는것이 짐의 군졀히 바람이라
머물러 파리 셩도 회복지못호엿스니 쳥컨듸 경은 짐을여위 조곰
호고지삼 군청흔듸 약안은 본시 츙의삼장이라 왕의 군청홈을 듯고
참아슬 쳐지못호여 부득이 허락호고 부모게 글을 올려 스졍을 고
호니라

정히 비록 공명은 일셰에 빗날지라도 량친의 츈효는 량젼호기는 어렵삿다

뎨십회

챠셜 이 씨는 일쳔스빅삼십년이라 약안이 다시 원수가 되어 대군을
령솔호고 파리셩을 회복코자호더니 북방을 향호여 나아 갈새 이 씨
영국이 다시 군스를 드발호여 법국을 평정코자호는지라 약안이 뎍장과
셔로 쌰와 루초 영군을 파호고 졈스 파리셩을 갓가히 힝호더니 맛춤
강비녜셩 수쟝이 스신을 보내어 구원을 쳥호여 가르듸 지금 영군
수만이 본셩을 텰통 구티 에우고 량식의 길을 쓴흐여 셩즁에 잇는
수십만 싱명이 쟝초 물자즌 못 가온듸 고기와 곳소오니 원수는 급히

37

166 애국부인전

구궁읍소셔 ᄒᆞ엿거ᄂᆞᆯ 원슈가 군ᄉᆞ를 몰아 강변셩에 들어가 장졸을

위로ᄒᆞ고 이튼 날 ᄊᆞᄒᆞ고자ᄒᆞ더니 이ᄊᆞ 영군이 약원슈가 강변네

셩 듕에 들어감을 보고 각쳐 군ᄉᆞ를 모아 더욱 엄중히 에워 ᄊᆞ고

구원ᄒᆞᆫ는길을 ᄯᅳᆫ코자ᄒᆞ더니 그 이튼날원슈가 날낸 군ᄉᆞ 륙빅명을 거ᄂᆞ

리고 셩 박게 나아가 뎍군과 샹홀새 이ᄊᆞ 원슈의 슈하 대병은 다

멀리 잇고 원슈는 다만 륙빅명을 거ᄂᆞ리고 강변네 셩에 들어 왓다

가 다만 륙빅명으로 영군의 수만을 뒤덕ᄒᆞ랴ᄒᆞᄂᆡ 엇지 젹은 군ᄉᆞ가

만흔 군ᄉᆞ를 당ᄒᆞ리오 ᄊᆞᄒᆞ다가 필경 원슈의 군ᄉᆞ가 패ᄒᆞ여 달아나거

ᄂᆞᆯ 원슈 홀일업ᄉᆞ 몸기를 두르며 홀로 뒤에 셔셔 후젼이 되어

오는 뎍병을 뒤덕ᄒᆞ니 영병이 감히 ᄶᅩᆺ지못ᄒᆞ고 도로혀 스스로 물러

가거ᄂᆞᆯ 원슈가 군ᄉᆞ이 셩문에 들어감을 보고 그졔야 말을 달려 셩문

에 이르니 셩문을 구지 다든지라 원슈가크게 불러 문을열라ᄒᆞ여도 응

ᄒᆞᆫ는쟈가 업스니 뒤뎌 이ᄊᆞ 영군이 여러번 패ᄒᆞ여 장졸을 무수히

죽이미 분통ᄒᆞᆫ 한이 골졀에 사못쳐 약안을 구ᄒᆞ여 죽이고자ᄒᆞ되 방칙

이업ᄂᆞᆫ지라 이에비밀히 금빅을 만히 늬어 강변네 셩 수장에게 뢰물

ᄒᆞ고 ᄒᆞ여곰 거ᄌᆞᆺ 위금ᄒᆞᆯ쳬ᄒᆞ여 약안을 구원을 쳥ᄒᆞ엿다가 문을 닷

고 미리 력ᄉᆞ로 ᄒᆞ여곰 셩외에 민복ᄒᆞ고 함졍을 노ᄒᆞ 약안을 잡음

이라 불이간어임의 약안을어더 영군에게 즁금을밧고 팔아먹는지라 영

군이 되회ᄒ여 약안을 잡아다가 고되 우에 두고 쟝ᄎ 죄를 얼거 죽

이려ᄒ더니 약안이 긔를을 타 노픈 집우에셔 ᄯᅥ어져 죽기로 쟉뎡ᄒ되

이뇌 죽지못ᄒ고 도로혀 영인의 발각ᄒ바되어 로잉셩 토굴즁애 기피

가두고 학되 죳심ᄒ며 뵈빈으로 죽일 게획을 심각ᄒ나 무슴죄명을

얼굴슈 업서 다만 그 신슐을 가락ᄒ고 우쥰ᄒ 빅셩을 션동ᄒ니 이는

요망ᄒ 좌도 라ᄒ고 죽이랴 ᄒ되 복죵치 아이ᄒ는지라 이에 법교되심원

으로 보뇌어 심판쳐결ᄒ라ᄒ되 법교원에셔 루ᄎ 심샤ᄒ되 약안이 오히

려 응연이 불굴ᄒ여 가ᄅ되 나는 비록 녀즈나 일단 인국열심으로 나

라를 위ᄒ여 붓그런 욕을 씻고 적군을 물리쳐 인민의 환란을 구ᄒᄒ

으로 국민을 고동ᄒ여 충의를 격발케ᄒ고 죽기를 무릅써 시셕을 피

겨으로 젼쟝에 죵ᄉᆞᆷ이 곳 국민의 책임이어늘 엇지 요슐의 죄를 더ᄒ

치안코 결단코 복죵치못ᄒ리라ᄒ되 영인이 그불복ᄒᆞᆷ을 엇지 할슈업서 비

리오 셰를 뇌어 약안을 졍ᄒ 곳으로 옴겨 가두고 거즛 사나히 복쟝

밀히 약안의 평시와 ᄀᆞ티 새 옷을 쑤며 약안의 아폐 버려 노ᄒ니

으로 그 새 옷을 보고 왕소를 츄소ᄒ되 나도 이왕 보고유셩 으로

약안이 그 새 옷을 보고 왕소를 츄소ᄒ되 나도 이왕 보고유셩 으로

포다리고 쟝군과 법국 왕을 뵈올ᄊᆡ 져러ᄒ 의복을 입엇더니 이제옛날 풍의

39

가 일본도 업도다 스스로 탄식호데 그 겨레 스환ᄒᆞᄂᆞᆫ 계집 · 오희 군졀
이 쳥ᄒᆞ여 가ᄅᆞ되 랑ᄌ게셔 져러ᄒᆞᆫ 의복을 입고 법국왕을 불어 보기를 가실

셕 그 풍쳐의 웅장ᄒᆞᆷ심을 셰상이 다 흠탄ᄒᆞ고 사람마다 한번 보기를

원ᄒᆞᆫ다ᄒᆞ오니 원컨딕 랑ᄌᄂᆞᆫ 져 복장을 한번 입으시면 ᄂᆡ 한번 랑

ᄌ의 녯날 풍쳐를 보고자 ᄒᆞᄂᆞ이다 져삼 군쳥ᄒᆞ거ᄂᆞᆯ 약안이 그 것을

계관줄 알지 못ᄒᆞ고 그 의복을 가초아 입고 그림ᄌ를 돌아 보며

스스로 어엿비 역여 노래ᄒᆞ고 춤추며 신셰를 슬퍼ᄒᆞ더니 영인이 그 겻

틔셔 엿보다가 일로 요슐의 증거를 잡아 드듸어 좌도요망으로 사람을 화

혹ᄒᆞ게ᄒᆞ고 법교를 패란케 ᄒᆞᆫ다ᄂᆞᆫ 법률에 쳐ᄒᆞ여 로앙시에 보ᄂᆡ어 화

형에 쳐ᄒᆞ니 곳 일쳔스빅삼십일년 구월이라 그 후에 법국왕이 약안의

죽음을 듯고 슬퍼ᄒᆞᆷ을 마지아이ᄒᆞ여 그 가족을 불러 벼슬을 주어 귀

죽이 되게ᄒᆞ고 흉금을 주시니 법국 사람이 ᄯᅩᄒᆞᆫ 각々 지물을 ᄂᆡ어

빗나고 굉장ᄒᆞᆫ 비를 그 쥭던 ᄯᅡ에 셰워 그 공덕을 긔렴ᄒᆞ고 법국

박셩이 지금ᄭᅥ지 약안을 노피고 스모ᄒᆞᆷ이 부모ᄀᆞᄐᆞ 역임을 맛지아이ᄒᆞ
더라

졍히 가련ᄒᆞ다 쟝딕ᄒᆞᆫ 영웅의 녀ᄌ가 옥이부러지고 구슬이 잠김은

국민을 위ᄒᆞᆷ이로다 불근 분총즁에 ᄀᆞ이ᄅᆞᆫ 스업은 욋다은 일홈이

명분을 류젼ᄒᆞ는고

딕더 약안은 법국 농가의 녀ᄌᆞ라, 어려서 부터 텬셩이 총민ᄒᆞᆷ으로 능
히 익국의 충의를 알고 ᄒᆞᆼ상 스ᄉᆞ로, 분불열심ᄒᆞ여 나라 구ᄒᆞᆷ을 지원ᄒᆞ
나 그러나 그 씩 법국이 인심이 어리셕고 비루ᄒᆞ여 풍속이 신교를
슝상ᄒᆞ고 미혹ᄒᆞᆫ 마음이 기픔으로 약안이 능히 이팔청춘의 녀ᄌᆞ로 국
스를 담당코ᄌᆞᄒᆞ되 인심을 수습ᄒᆞ며 위엄을 셰워 왼 셰상 사람을 겨
불식여 국권을 회복자홀진딕 불가불신통ᄒᆞᆫ 신도에 가락ᄒᆞ여 확당ᄒᆞᆫ 말
과 신긔ᄒᆞᆫ 술법 이안이면 그 빅셩을 고동ᄒᆞ지 못홀것인고로 상데의
명령이라 텬신의 분부라 칭탁ᄒᆞᆷ이요, 실로 상데의 명령이 엇지잇스며
텬신의 분부가 엇지 잇스리오 그런즉 약안의 총명영민ᄒᆞᆷ은 실로 쳔고
에 드믄 영웅이라 당시에 법국의 왼 나라가 다 영국의 군병에게 압
제ᄒᆞᆫ바 되어 도셩을 ᄲᅢ앗기고 님군이 도망ᄒᆞ고 졍부와 각 디방관리들이
다 영국에 부터 항복ᄒᆞ고 군수ᄒᆞ며 인민들은 다 머리를 숙이고
긔운을 상ᄒᆞ고 모음이 져가되어 익국셩이 무엇인지 충의가 무엇인지
모르고 다만 구명도셩으로 상칙을 삼아 붓그런 욕을 무릅쓰고 남의
노례와 우무되기를 감심ᄒᆞ여 나라가 졈々 멸망ᄒᆞ엿스니 다시 약이 업
다ᄒᆞ는 이 시졀에 약안이 홀로 익국셩을 분불ᄒᆞ여 몸으로 ᄒᆞᆡ셩을 삼

41

고 나라구홀 칙임을 스스로 담당ᄒ여 한번 고동에 온 나라 상하가

일제히 불그티 일어나 빗셩의 긔운을 다시 씰치고 다망흔 나라를

다시 회복ᄒ여 비록 즈긔빅 몸은 뎍국에 잡힌바가 되엇스나 일로 부

터 인심이 일층이나 더욱 분불격동ᄒ여 맛춤내 강흔 영국을 물리치고

나라를 즁흥ᄒ여 민권을 크게 불분ᄒ고 지금 디구상 뎨일등에 가는 강

국이 되엇스니 그 공이 다 약안의 공이라 오륙빅 년을 젼ᄅᆞᄒ민셔 법

국 사람이 남녀업시 약안의 거룩흔 공업을 긔렴ᄒ며 흠앙ᄒ는 것이 엇

지 그러치온이ᄒ리오 슬프다 우리 나라도 약은구든 영웅호걸과 익국

충의의 녀즈가 혹 잇 는가

42

륭희원년구월이십오일인쇄

륭희원년십월삼일발힝

판권
쇼유

愛國婦人傳
定뎡가금십五錢

져작자 셩 양 산 인

발힝자 김 상 만
황 성 광 학 셔 포

발미쇼 김 상 만 췩 소
황성듕셔포병하삼십칠통육호

인쇄쇼 일한도셔인쇄쥬식회소
황성셔쇼문닉 (電話三二三番)

43

44

45

영인자료

이국부인젼

- 『신소설 애국부인전』
  대한 황성 광학서포 발행
- 『위인소설 여자구국미담(偉人小說 女子救國美談)』
  열성애국인(熱誠愛國人) 편역

여기서부터 영인본을 인쇄한 부분입니다. 이 부분부터 보시기 바랍니다.

장경남

숭실대 국어국문학과를 졸업하고 동 대학원에서 박사학위를 받았다. 현재 숭실대 국어국문학과 교수로 재직중이며, 숭실대 HK+사업단 단장, 학사부총장을 하고 있다. 숭실대 학생처장, 교무처장을 역임했다. 학회 활동으로는 민족문학사연구소 공동대표를 역임했으며, 현재는 한국고소설학회 회장으로 활동하고 있다. 주요 저서로『전란의 기억과 소설적 재현』,『역주 임진록』(공역),『문화의 횡단과 메타모포시스 – 시간·장소·매체』(공저),『『구한말 선교사 애니 베어드의 한글소설』(공역),『베어드 선교사의 한글 번역본 이솝우언』등이 있다.

근대계몽기 서양영웅전기 번역총서 05

애국부인전
: 백년전쟁에서 프랑스를 구한 잔 다르크 전기

2025년 4월 25일 초판 1쇄 펴냄

옮긴이 장경남
발행인 김흥국
발행처 보고사

책임편집 이순민
표지디자인 김규범

등록 1990년 12월 13일 제6-0429호
주소 경기도 파주시 회동길 337-15 보고사
전화 031-955-9797
팩스 02-922-6990
메일 bogosabooks@naver.com
http://www.bogosabooks.co.kr

ISBN 979-11-6587-838-2 94810
      979-11-6587-833-7 (세트)
ⓒ 장경남, 2025

정가 15,000원

이 책은 2018년 대한민국 교육부와 한국연구재단의 지원을 받아 수행된 연구임
(NRF-2018S1A6A3A01042723)